Las madres negras

PATRICIA ESTEBAN ERLÉS

Las madres negras

IV Premio Dos Passos a la Primera Novela

Galaxia Gutenberg

(A)*

*ÁMBITO **cultural**

También disponible en eBook

Un jurado compuesto por Pilar Adón, Marcos Giralt Torrente, Manuel Longares, Fernando Marías, Inés Martín Rodrigo, Clara Sánchez y Santos Sanz Villanueva concedió por unanimidad a esta obra el IV Premio Dos Passos a la Primera Novela, que convocan Ámbito Cultural de El Corte Inglés, la agencia literaria Dos Passos y Galaxia Gutenberg.

Publicado por:
Galaxia Gutenberg, S.L.
Av. Diagonal, 361, 2.º 1.ª
08037-Barcelona
info@galaxiagutenberg.com
www.galaxiagutenberg.com

Primera edición: enero 2018

Preimpresión: Maria Garcia
Impresión y encuadernación: Sagrafic
Depósito legal: B. 112-2018
ISBN Galaxia Gutenberg: 978-84-17088-82-8

El infierno nunca tuvo mejor aspecto.

Ray Bradbury

La feria de las tinieblas

Dios es el diablo cuando está enamorado.
(Variación de una canción de Tom Waits)

A Shirley Jackson, señora de todas las casas encantadas
A Mireya y Zana, primeras lectoras

Mida

Saldrá por la mañana. En cuanto se callen los lobos que aúllan fuera, allá arriba, como si se contaran los unos a los otros lo solos que están.

«Yo más.»

«Yo más.»

En unas horas, se consuela Mida, con la luz de la madrugada, el agujero volverá a ser el agujero que la trajo aquí abajo. La oscuridad no le dejaría encontrar ahora el hueco redondo en medio del bosque de abedules por el que se dejó caer hace un rato que ya no sabría medir. Hace frío, pero ha pasado frío otras veces, eso se dice también, como si la niña muerta de frío fuera ella y su hermana mayor al mismo tiempo, intentando consolarla.

Pronto será de día y los lobos se callarán. Dejarán de lamentar su insoportable tristeza de animales malditos. Mida recuerda que el día de su llegada al convento vio desde el carromato, tan rápido y lento como en una pesadilla, decenas de cabezas de lobo adornando las cercas de las granjas vecinas. Cabezas atravesadas en estacas como advirtiendo a sus hermanos vivos que era mejor no acercarse. Lobos mustios, de ojos amarillos, tristes como todos los muertos. Con el pelo quieto, seco y duro de todos los muertos. Alguien le dijo que los hombres de los alrededores los cazan para convertirlos en un adorno, en espantalobos. En lobos que asustan a los lobos.

«Yo más.»

«Yo más», se contestan, los últimos lobos aún vivos allá arriba, fuera de su escondrijo de animal nocturno.

Mida se dice que quizá no deba hacerle mucho caso a la niña borrosa (¿cómo se llamaba, Humildad?) que le contó lo de los lobos, porque en el convento casi todo el mundo se inventa las cosas para encontrarles una explicación, del mismo modo en que casi todo el mundo que cruza el umbral o se muere acaba desapareciendo y volviéndose una sombra en el recuerdo. Acurrucada en el suelo mira hacia arriba, sin mucha esperanza. El negro de la noche siempre es capaz de hacerse más negro. Sacude la cabeza. El frío no es verdad. El miedo no es verdad. Debe dejar pasar el tiempo, se repite, esperar a que el ojo del pozo en el que se ha dejado caer durante la huida acabe abriéndose. Y entonces podrá salir de allí. Tiene que pasar el tiempo, insiste, alzando algo la voz para convencerse de que en alguna parte existe un lugar al que merece la pena dirigirse. Ya nunca más la casa, con sus paredes y celdas, con el muro rodeándola y el dormitorio de ventanas tapiadas. Solo un poco más, aguarda.

No es la primera vez que espera a que se haga de día, descalza y con el camisón blanco de las Invisibles. Mida conoce bien el sótano de Santa Vela, el hueco de las castigadas al que iba a parar con frecuencia desde el principio, cuando empezó a decirle a todo el mundo lo que Dios acababa de confesarle sin saber que era tan grave, más asustada que desafiante, esperando que alguien la contradijera. Pero las madres se miraban entre ellas y corrían a apartarla del resto. La hermana Priscia ordenó que la bajaran al sótano cuando se puso a gritar en medio de la capilla que Dios no existía, rabiosa porque nadie la escuchaba. Mandó a sus carceleras que la dejaran allí hasta que hubiera reflexionado. Dos de las madres negras la agarraron de los brazos, la inmovilizaron contra la pared y la golpearon como para arrancarle cada una de las palabras que dijo. Tiraron de ella, la empujaron adentro. Niña del diablo, dijeron a dúo las esbirras de

Priscia. Te quedarás aquí hasta que te arrepientas y pidas perdón. Y luego dejaron caer la trampilla.

Ya no le tiene miedo a la oscuridad. No tardó en descubrir que la oscuridad es un lago negro en el que podía esconderse de ellas. La oscuridad era alguien que la rodeaba en silencio y le permitía hablar. Mida volvía a llamarse Mida en el sótano y sentía que la falta de luz le devolvía la cordura, le hacía sentir menos magullada. Mida le hablaba a la oscuridad, le confesaba la verdad que nadie deseaba conocer. «Dios me confesó al oído que él no existía y yo solo se lo conté a las demás.» La oscuridad le pasaba una mano por la frente rapada, trazaba con sus dedos la curva de la mejilla magullada. La primera vez estuvo casi una semana allá adentro, con los ojos medio cerrados por los golpes, imaginando la vida del orfanato a partir de los pasos que resonaban sobre su cabeza, de los rezos fantasmales que se colaban a través de las rendijas de madera. Era fácil creer que lo terrible ocurría allá arriba, que en realidad a ella ya no la llamaba nadie Obediencia. Volvía a estar a salvo, más a salvo que cualquiera de las otras en Santa Vela. Dejaron de dolerle las heridas. Aquella semana Mida no podía ver nada pero lo sabía todo. Supo que había llegado una nueva huérfana de pelo largo, reconoció el paso vacilante de un par de botas gastadas, entre las suelas leves de las zapatillas de las novicias, blandas como pezuñas de gato, que la conducían, como a ella, meses atrás, ante la hermana Priscia, la única de todo el convento que calzaba unas terribles, enormes sandalias oscuras de hombre. Oyó cómo atravesaban la planta baja, camino de la sala donde a la recién llegada le entregarían el vestido gris plomo de hospiciana que le costaría el nombre y su pelo. «Te cambiarán tus trenzas y el nombre, la única palabra que es tuya, por ese trapo gris», susurró Mida, compadecida por la extraña. La oscuridad pareció asentir en la oscuridad, dándole la razón. Mida oyó a la nueva llorar débilmente a lo lejos y tres pares de pies lamiendo el suelo en la dirección contraria, camino ahora de los dormitorios. A la huérfana ya le habrían dado el par de zapatillas negras y ahora ya no podían distinguirse sus pasos de los de las cuidadoras.

Galia

Se distrae en la cocina. Sentada a la mesa Galia puede pasar horas mirando cómo la corpulenta Liszka pela patatas, maravillada por la rapidez con la que desprende la piel terrosa y las corta sin mirar en doce trozos del mismo tamaño, triángulos picudos que van cayendo en el interior del caldero de latón. Liszka le sonríe con sus ojos bañados en la luz blanca de sus pestañas rubias, unos ojos tan triangulares como las patatas que transforma en matemáticas por pura intuición. Sus ojos pequeños y estrechos le dan a Liszka el aire de una niña adormilada, a pesar de que nadie está tan despierto en la casa como la extranjera, la gigantesca Liszka. Nunca le habla a Galia, sonríe y pelaba patatas para la niña de la casa. Parece bastarle con que la recién llegada la mire y sonría también.

Se oyen pasos en el patio. Las criadas vuelven del mercado diciendo que una de las huérfanas de Santa Vela se ha escapado. Desapareció tres noches atrás y nadie ha vuelto a verla. La buscan las hermanas en las granjas vecinas y han colgado carteles con un retrato suyo a la entrada del pueblo. Galia se estremece y entonces entra la señorita Mhyrtille y manda callar a las muchachas. Ellas enmudecen y comienzan a revolotear por la cocina como dos pájaros desorientados. Con un gesto de la institutriz le basta para saber a Galia que debe irse al cuarto de estudio.

La señorita Mhyrtille la hace trabajar duro toda la mañana. Tiene que recuperar todo el tiempo perdido en los años que pasó internada en el orfanato y convertirse en la pequeña dama que sus nuevos padres merecen. Galia es una alumna aplicada. Recibe clases de Geografía y se imagina viajando por las líneas azuladas que marcan las fronteras de aquellos mapas tan bien dibujados que la señorita Mhyrtille le muestra en los antiguos atlas de la biblioteca. Galia no acaba de creer que el mundo sea algo tan grande. Todavía le cuesta salir de su alcoba y recorrer la galería acristalada, interminable, entrar en el salón blanco solamente porque se le permite entrar. Sospecha que quizá los mapas sean solo sueños de alguien que espera que existan tantos ríos y cordilleras, tanto desierto pintado de color crema. Piensa, de todos modos, que le gustaría que los caminos fueran de verdad así de azules. Repite por el pasillo todas las palabras francesas que aprende, los movimientos de cabeza, los saludos, las miradas amables. Tiene prisa por saber todo lo que los demás creen que debe saber, por convertirse en aquella que tiene que ser para complacerlos. Cuando subió en el carruaje que la sacó del convento aprendió que al otro lado de la verja de Santa Vela había otra vida esperando y que apenas sabía nada de ella. No podía intuir que a partir de entonces podría elegir por la mañana el color de la ropa que iba a ponerse. Desconocía la existencia de un mueble maravilloso, llamado armario, que nunca acababa de inspeccionar. Uno de los primeros placeres que descubrió al llegar a la casa fue que podía asomarse cada mañana al interior del ropero de su dormitorio, como a una ventana que diera a un jardín privado, y por ello más hermoso, y olisquear la ropa nueva y perfumada que parecía surgir de allí durante la noche. Desde entonces siente el mismo miedo irracional al abrir los ojos. Un miedo desde entonces terrible a haberlo soñado, a haberlo perdido todo al despertar. Pero su temor es infundado: el armario lacado, con sus delicadas guirnaldas de lilas pintadas a mano y su llave de oro antiguo encajada en la cerradura sigue esperando junto a la puerta. Y ella salta de la cama para abrirlo y verlo lleno de vestidos y sombreros de paja y zapatos del charol ligeramente ajado que su madre encargó hacía mucho tiempo a la mejor costurera, al zapatero más refinado de la capital.

Galia no sabía de la existencia de tantos sabores, dulces y salados, ni que la primera cucharada del pastel de queso agrio y cerezas de Liszka la haría llorar de pura felicidad. Ignoraba la alegría secreta que sentiría al atravesar un pasillo lleno de retratos de desconocidos que la observaban con gesto grave y bondadoso, como si todos ellos supieran desde más allá de la muerte que ella iba a llegar un día y que avanzaría por el corredor de mármol bajo su atenta mirada de sabios benefactores. Los miraba a todos, los saludaba con los ojos como la había enseñado la señorita Mhyrtille, al dirigirse a la sala de estudio y a la vuelta. Se convirtieron para ella en los amables señores que siempre se cruzaba en su paseo diario. Procuraba, en cambio, pasar de largo, no fijar la vista en la huella ovalada que había dejado al final del pasillo el marco de un retrato algo más pequeño que había caído al suelo durante una tormenta, se excusaban las criadas, haciéndose añicos.

Al principio tampoco se atrevía a usar el cepillo de plata vieja que sus padres le regalaron al cumplir doce años. Permanecía allí donde su madre lo había colocado la mañana en que entró anunciando que aquel día era su santo, sobre el tocador de juguete, entre el frasquito de perfume de lilas, lilas de nuevo, y el peine de nácar. Era un objeto sorprendentemente bello, con el perfil de una ninfa tallado en el óvalo. La cabellera interminable de la ninfa se extendía por el mango del cepillo, formando suaves bucles inmóviles, pero el pelo de Galia era tan corto por entonces que no se atrevía a usarlo.

Galia sabe que debe olvidar pronto y se esfuerza. Olvida bien, porque tiene que aprender a tocar el piano brillante como un enorme gato negro. Recibe tres horas de lecciones de música, al acabar la breve siesta que no puede saltarse. Se esconde en la música, al principio torpe y temblona, que sale de sus manos. Se esconde también allí, como en cada rincón de la casa de sus padres, corre a ponerse a salvo en la alcoba en la que durmió de un tirón casi veinticuatro horas seguidas el día de su llegada, disfruta de la seguridad del pasillo al que salen a recibirla todas aquellas estatuas amables, del cálido aliento que emana de su (¡su!) armario blanco lleno de vestidos perfumados. Todos esos lugares son el mejor refugio posible para curarse de Santa Vela. Sus padres están empeñados en darle cuerda al carillón de la sala, en retrasarlo el tiempo que sea necesario para que ella, en realidad, nunca haya estado en el orfanato. Su padre le sonríe con la familiaridad que solo da el haber pasado toda una vida al lado de alguien a quien se ha visto nacer. Hay un brillo de orgullo y amor esforzado en sus ojos que Galia no acierta a explicarse, del mismo modo que no puede razonar el cosquilleo feliz que la recorre de arriba abajo cuando lo ve mirándola así. Su madre ordena que el uniforme blanco de las doncellas permanezca siempre impoluto y vigila desde la escalera. Han sido adiestradas para sonreír todo el tiempo, les ha impuesto una alegría disciplinada con la que pretende vencer al luto, a la oscuridad de las cortinas de terciopelo negro que se retiraron a toda velocidad, el día en que Galia pisó la casa. Ella no puede saber que en la mansión todos recibieron la orden de ser felices a la fuerza, ni que su madre despide inexorablemente a los miembros del servicio que no saben parecerlo, a todo aquel criado, a cada doncella que no se impone ese deber como un ejercicio diario de obligado cumplimiento. Ajena a todo, Galia se esconde a veces en la escalera para ver a las sirvientas ir de aquí para allá, como un desfile de hadas. Hay tanta luz, tanta blancura en el mundo, y ella no lo sabía.

Está tan ocupada aprendiendo cada detalle de su nueva vida que para cuando las doncellas traen la noticia de la fugitiva de Santa Vela ya le cuesta recordar con nitidez la que ha ido dejando atrás. Las enormes habitaciones heladas donde dormían las niñas, el vestido gris que olía a gris, las cabezas peladas, los rezos nocturnos que confundían con una pesadilla, todos aquellos recuerdos parecen difuminarse como pequeñas cicatrices que son el fantasma de una herida, no la herida en sí misma.

Ese día, después de que las doncellas vuelvan agitadas del mercado y la señorita Mhyrtille se la lleve al estudio, Galia practica el futuro simple en clase de francés. Disfruta mucho inventando frases en el tiempo lleno de misterio que acaba de descubrir. El idioma untuoso y dulce de la señorita Mhyrtille es perfecto para imaginar planes, para contar todas las cosas que podrá hacer mañana, o pasado mañana, o la semana próxima. Galia se esfuerza en engolar la voz al pronunciar los ejemplos que su institutriz escribe en el encerado con la caligrafía esquinada que tanto le envidia. Pero al escuchar sus esforzados intentos la terrible Mhyrtille frunce la frente y la nariz se le arruga como si su pronunciación apestara. Le hace repetir las mismas palabras, hasta que acaban convertidas en un rumor de sonidos que han perdido todo su significado. Consigue robarle así el futuro en esa lengua recién aprendida. Cuando la mira por encima de las minúsculas lentes de oro, Galia encuentra en sus ojos una decepción que tiene mucho que ver con el pasado, con el tiempo que no ha de regresar y todo lo que se ha llevado con él para siempre. Y la misma intuición que le hace entender que la mirada amorosa de su padre es un tesoro inmerecido le susurra al oído que el desdén de su tutora tampoco le pertenece del todo. Galia siente que la señorita Mhyrtille, tan recta y envarada como las eles que traza al inicio de una página y que le obliga a repetir una y otra vez, inflexible, hasta que le duele la muñeca, es la dueña verdadera del secreto de la casa. Siente que su institutriz finge enseñarle el modo de ser otra, pero Galia se estremece si ella anda cerca, como si la vigilara a cada momento desde el otro lado de un ventanal, esperando sorprenderla si ella se atreve a robar siquiera una de las lilas del jardín ajeno.

Para compensar su torpeza, Galia se esfuerza todavía más en memorizar la lección que viene después. Aprende a reconocer sin dudar siete especies diferentes de mariposa en clase de Ciencias Naturales: la doncella tímida, la pandora, la Inés medioluto, la niña de nácar, la hoja de olmo, la esfinge colibrí y la maravillosa *Hesperia comma,* su favorita, una joya con alas que brilla como oro puro al otro lado del cristal de la vitrina de los insectos. Está tan pendiente de complacer a la señorita Mhyrtille al menos una vez al día que no vuelve a pensar en la muchacha huida de Santa Vela. Horas más tarde, su madre sale del dormitorio tras darle el beso que marca el comienzo de la noche. Su frágil silueta encorvada, tan acostumbrada al luto, el terrible futuro simple que parece cerrarle la puerta desde las páginas amarillentas de un antipático libro de francés, las livianas mariposas que se han dejado atrapar, todo lo que ha vivido durante las horas previas vuelve a la nada cuando se queda sola del todo en la habitación. Y solo entonces, como a traición, le sobreviene el recuerdo de Mida. Galia se gira hacia la pared y cierra los ojos, empeñada en dormirse, en no dejar que Mida regrese a su memoria. Pero Mida no se va. La ve caminando en la fila hacia el refectorio, con la frente alta y el paso decidido que la hacía inconfundible. Nadie más levantaba la cabeza ni mostraba el aplomo de Mida, a la que nunca vio arrastrar los pies por culpa del cansancio ni encogerse de miedo al acercarse a las hermanas. Lleva el pelo rojo, heredado de su madre, la bruja, tan rapado como todas y el mismo traje gris. Tiene los dedos enrojecidos por los sabañones, igual que Galia y las otras niñas. Pero ella, a diferencia de las demás, no parece sentirse avergonzada de la fealdad que les imponen en el orfanato. Galia siente una punzada de culpa. Quiere olvidar que ha pensado en Mida, pero Mida le sonríe desde el recuerdo como entonces, en el gélido lavadero del convento, animándola en un susurro a hacerle caso, a guardar su nombre y no dejarse vencer por el horror y el miedo.

Tiene que ser ella la niña fugitiva. De todas las Invisibles, solo Mida puede desafiar la autoridad de la hermana Priscia, burlar a su legión de guardianas sin ser descubierta hasta mucho después. Pero Galia no se alegra por ella. Siente un miedo repentino, un terror miserable, parecido al frío que le hace saber de pronto lo fácil que es hacer que tiemble. Teme que Mida la busque, que vaya a su encuentro y le exija la parte que le corresponde de la felicidad que ahora disfruta. Galia niega con la cabeza, medio despierta, medio dormida. Mida camina con el cuenco humeante entre las manos sin dejar de mirarla. Galia recuerda el olor mugriento de la sopa que comían a todas horas, el miserable caldo de verduras que parecían crecer ya podridas en el huerto de las monjas. Quiere darle la espalda a Mida y vuelve a girarse, arrebujándose entre las suaves mantas. Tiembla, pero el sueño no viene a rescatarla. En algún momento llega a oír pasos afuera, las hojas secas del jardín crujen bajo los pies de alguien que se acerca. «No, por favor, Mida. No vengas.» Pero ella cruza el jardín sin hacer caso de las súplicas, y se agacha ya en busca de pequeñas piedras con las que golpear el cristal de la ventana, para que Galia la abra y la deje entrar.

«No, por favor, Mida, soy feliz aquí. Vete, te lo ruego.»

Y Mida, lo sabe, está sonriendo allá abajo, y aguarda pacientemente con sus ojos extraños clavados en el ventanal del dormitorio, como si ella siempre hubiera sabido que su destino era ocupar esa alcoba del segundo piso, la mejor estancia de todas.

«Estoy aquí, sal.»

Pero Galia no obedece. Tiembla al imaginarla, mirando burlona el ventanal, silabeando aquellas palabras, una y otra vez.

«Sé que estás ahí, en la habitación lila de Galia. Eres una intrusa en la habitación lila de Galia.»

De Galia.

Se cubre la cara con el almohadón relleno de plumas que su madre manda perfumar cada mañana a las doncellas. Deja pasar el tiempo, cuenta en francés del uno al cien varias veces, casi sollozando. Teme que Mida consiga llegar de alguna forma hasta su habitación. Ella nunca se rendía. Las madres negras no consiguieron someterla como a todas las demás. Mida fue la primera que se le acercó, el día de su llegada. La buscó junto a la pila de mármol donde la gobernanta le había ordenado poner en remojo las prendas de un canasto de mimbre. Soltó la cesta que cargaba antes de arrodillarse junto a ella. Tiró de la pernera de un par de enaguas que comenzó a frotar con desgana. Unos segundos después le preguntó su nombre, sin mirarla, para no levantar sospechas en la hermana vigilante.

Galia tardó en responder. Tenía tanto miedo que pensaba que había perdido la voz.

«Prudencia», susurró al fin. Mida chasqueó la lengua.

«No, tu nombre de verdad, el que tenías antes de entrar aquí.»

«No me permiten decirlo, lo siento», murmuró, mirando a ambos lados, por si la guardiana andaba cerca.

Mida silbó bajito, burlona. Galia la miró, confundida. Estaba muy flaca y llevaba el pelo cortado a trasquilones, como todas ellas, pero algo la hacía distinta. Tenía la mirada más extraña del mundo. Su ojo izquierdo, el de color negro, se lo habían cerrado a golpes y un terrible moretón en forma de arco rodeaba el párpado derecho, el del ojo azul cielo, que parecía sonreír cuando te miraba. Era imposible negarle a aquel ojo azul la respuesta y ella escuchó cómo su voz obedecía, a pesar del terror.

«Galia. Me llamaba Galia.»

Mida movió la cabeza, asintiendo como si esa fuera la respuesta exacta a una pregunta que nadie había hecho.

«No dejes que ellas te quiten ese nombre. No te llamas como te dijeron. Tienes un nombre, es tuyo, ¿me oyes? Guárdalo bien. Yo me llamo Mida.»

Eso le dijo, junto a la pila de mármol en la que debían lavar con agua helada toda la ropa que traían las hermanas. Después escupió ruidosamente sobre las enaguas que restregaba con furia. Se volvió hacia ella y le guiñó casi imperceptiblemente el ojo aplastado.

El pequeño arco que la empuñadura del bastón de la hermana Priscia trazó bajo su ojo celeste nunca desapareció del todo.

«Galia», musitó ella una vez más, antes de doblar su nombre en pliegues muy pequeños, que podía sentir allí, en el fondo de la garganta.

La primera vez lo dijo en voz muy baja. El elegante caballero la miró sorprendido, tal vez pensando que la niña tenía algún problema en las cuerdas vocales. Pero su esposa, aquella dama tan bella y triste, parpadeó como si la sola palabra la hubiera deslumbrado. Galia no supo nunca cómo se atrevió a desobedecer, porque no pronunció simplemente el nombre de la virtud que le asignaron a su llegada, como a todas las demás. Fue algo superior a ella, como si por fin una cuerda que alguien pulsó en su interior encontrara la forma de sonar. Las madres negras habían aleccionado bien a las niñas candidatas, las semanas previas a la visita de aquellos señores tan importantes que estaban interesados en adoptar a una huérfana que hubiera cumplido los doce años. Una niña casi anciana, eso no ocurría nunca en Santa Vela. Debía hacer como las otras, contestar que no merecía tener un nombre propio y respondía al de Prudencia, la cualidad que debía esforzarse en adquirir durante el resto de su vida. Pero por una vez el instinto le impidió bajar los ojos como la hermana Priscia les había ordenado a todas las elegidas, cuando el distinguido recién llegado descendió del carruaje negro y ayudó a apearse a la dama que lo acompañaba. La mujer intentaba esbozar una sonrisa temblorosa que parecía dolerle. Saludó a todas las niñas que esperaban, colocadas en fila junto a la verja de la entrada. Las miraba, acariciándolas con sus ojos resecos y les preguntaba sus nombres. Las niñas, maravilladas por el perfume que exhalaba el cuerpo y la ropa de esa mujer, recitaban la palabra extraña que les habían entregado las hermanas al llegar al orfanato, como si fuera un precio. Galia no. No sabría decir por qué, simplemente desobedeció. Cuando la dama se detuvo frente a ella, con su elegante sombrero de raso negro y aquel aroma a jardín lejano, contestó con un hilo de voz. La señora se llevó la mano al pecho. Ella tragó saliva y repitió su nombre, que había guardado dentro, que había puesto a salvo, tal y como Mida le dijo.

«Galia, me llamo Galia.»

Y después todo sucedió muy rápido.

La hermana que vigilaba a sus espaldas dejó caer una mano de garfio sobre su hombro y apretó. Pero ya era tarde.

El caballero se quitó el sombrero negro. La dama comenzó a sollozar.

Fue la elegida. Su madre le tendió la mano enguantada y Galia ya no quiso soltarla durante todo el camino. Su padre ordenó al cochero que pusiera rumbo a casa y el hombre hizo restallar el látigo sobre el lustroso lomo de los caballos. Escaparon a toda velocidad, como si huyeran de la peste.

Sentada entre los dos, ella se convenció de que la estancia en Santa Vela había sido una larga pesadilla de la que había conseguido alejarse para siempre gracias a una sola palabra, que su nueva madre repetía sin cesar.

«Galia, Galia.»

Después de esa noche Mida no vuelve a aparecer en su nueva casa y Galia piensa que también la ha soñado allá abajo, inmóvil en medio de la noche, al pie de su ventana. La noticia de la niña desaparecida en Santa Vela no interesa a casi nadie y va difuminándose poco a poco. Galia olvida. El tiempo está extraño esos días. Un cielo de tormenta interminable se cierne sobre la casa y sopla a todas horas un viento duro que hiere los ojos con vendavales de arenisca. Su madre mira angustiada el cielo raro que agita con saña las copas de los árboles y le prohíbe salir al jardín. A Galia no le importa. Ella puede pasar el resto de su vida encerrada en la mansión. Los infinitos vestidos de su armario le dan la bienvenida cada mañana y ella se esfuerza en aprender el futuro simple. Repite obediente largas retahílas de oraciones que le muestran el modo más simple de escapar del pasado, de los ojos golpeados de Mida y del infierno del lavadero, aquel castigo eterno de ropa sucia en el que no quiere pensar. La señorita Mhyrtille, desde detrás de su elevado atril asiente a veces, satisfecha. *J'irai, je serai, j'oubilerai.* Y lentamente los mechones de cabello castaño brillante se atreven a crecer de nuevo. Galia sospecha que su pelo brota de noche, mientras ella duerme. Lo siente crujir en sueños, desperezarse poco a poco, y cada mañana se descubre un ricito nuevo en la nuca, que pronto se atreverá a alisar con el antiguo cepillo de plata, digno de una ninfa.

Algunas noches, cuando su madre entra en su habitación a darle las buenas noches, Galia le pide que rocíe la almohada con su perfume preferido, el de las lilas frescas del jardín. Otras le suplica que le cuente cosas de cuando era pequeña, que repita, por enésima vez, el relato de la noche de su nacimiento, una noche de tormenta que a punto estuvo de costarles la vida a las dos. Su madre sonríe, como si ambas hubieran despertado al fin de una pesadilla y evoca en voz alta cada latigazo de dolor en el vientre, el eco de su angustia que era cada trueno. Y Galia cierra los ojos y de pronto es capaz de recordarlo todo.

Santa Vela

En el patio se formaban a veces enjambres de niñas. Entonces la casa salía de su largo sueño y podía oírlas cuchichear en voz muy baja.

Se la llevó un jinete en su caballo, decía Esperanza, aquella chiquilla espigada que parecía saber exactamente lo que había ocurrido con la fugitiva.

Las más ingenuas pedían detalles. No les interesaba tanto saber dónde estaba ahora la hija de la bruja como conocer los pormenores de su marcha. «¿Era guapo, el jinete? ¿La ayudó a subir a su caballo, como dicen que pasa en algunos cuentos?»

Las fieles a su recuerdo le preguntaban a Esperanza si ella miró atrás en algún momento, si le dijo algo antes de salir de Santa Vela. Si Mida no le había confiado por casualidad algunas palabras que pudieran consolarlas y darles ánimo en su ausencia. Incrédulas aún, formaban un círculo a su alrededor, volvían a exigirle que reconstruyera su partida, que señalara por cuál de las puertas del orfanato, que siempre permanecían cerradas a cal y canto, lograron salir Mida y su caballero.

«¿Cómo es que no intentaste convencerla para que no nos dejara?»

La casa somnolienta veía cómo las niñas se dispersaban de pronto, se alejaban sin hablar entre ellas si una de las hermanas vigilantes andaba cerca. Se callaban, pero en silencio continuaban mirándose las unas a las otras, seguían pensando en la compañera que se fue de un día para otro, sin avisar. La muchacha que aseguraba haberla visto marchar en el caballo negro con aquel joven encapuchado parecía por ello investida de una rara majestad. Era la única que vio aquello que las otras se conformaban con imaginar y la envidiaban. Se la distinguía de lejos. Era la más alta y el vestido de saco gris le quedaba distinto, como si no se sintiera incómoda dentro de él. La casa la observaba, curiosa. Aquella jovencita sonreía a menudo porque sabía que era la dueña de un tesoro y eso hacía que nunca caminara a solas por el jardín. Nada más aparecía en el patio la rodeaba un séquito fiel. Sus súbditas insignificantes volvían para que les contara más de la llegada del jinete, del color exacto del caballo, de la forma en que Mida trepó al lomo del animal y se abrazó a la cintura de su rescatador. Ella se hacía de rogar un rato, «Os conté todo lo que sabía, dejadme, que las hermanas se enfadarán», pero aquellos remilgos eran también parte de la farsa. Enseguida se erguía, levantaba los brazos con las palmas extendidas, como rindiéndose generosa a su auditorio, «Está bien, solo una vez más, pero no gritéis o vendrán», aclaraba la voz, fijaba la mirada en el mismo punto de todas las veces, el lugar por donde se había oído llegar al caballo, a pleno galope y…

Pero la casa era tan vieja que ya nadie podía engañarla, aunque esta vez le hubiera gustado que sucediera. Era tan bonito ese embuste, lo contaba con tanta gracia. Hubiera querido que el parloteo alocado de la muchacha la convenciera tan fácilmente como a las pobres niñas que la buscaban a cada rato, que lograban creer gracias a esa historia que era posible escapar de Santa Vela. La casa estaba allí desde siempre, con su larga memoria de piedra. Solo ella era capaz de advertir y recordar luego los detalles nuevos que cambiaban en el cuento cada vez que la única testigo de la fuga de Mida volvía a narrarla. Las pobres chiquillas asistían deslumbradas al embeleco, todas menos una, de eso también se daba cuenta la casa, una niña coja, la que había sido la mejor amiga de la fugitiva, que escuchaba de lejos, sin creer una palabra, mientras las demás se dejaban hechizar por los gestos teatrales de la impostora, saboreando de principio a fin la hermosa mentira. La casa atendía, fascinada, a cada representación. Sabía que nada de aquello era verdad, aunque ella tampoco podía decir qué había sucedido en realidad.

«Tal vez yo sabría algo más que ellas si no llegara tan cansada a la noche, se decía, si no fuera una casa interminable, si no estuviera tan agotada de vigilar cada habitación cerrada con siete llaves, cada pasillo que no conduce a ninguna parte, cada tramo de escalera que desemboca en una puerta tapiada. No es fácil estar en todas partes al mismo tiempo cuando te duele cada vidrio roto del ala norte tras una tormenta. Soy un enorme cuerpo viejo y cansado. Un cuerpo absurdo, lleno de miembros trasplantados por la locura de una mujer que huyó también, no hacia afuera, como la muchacha de la que hablan las huérfanas, sino hacia adentro, hacia mi interior, atravesando la mansión en la que esperaba ser feliz con su esposo y su bebé. Arrastro alcobas donde nunca durmió nadie y salones desnudos, igual que un anciano carga tumores y huesos podridos. No vi huir a la niña. Suelo adormecerme de puro agotamiento. Cuando se apagan las luces y todo queda en silencio apenas descanso, me dejo llevar por el rumor de las respiraciones, por el hilo de los pensamientos de quienes tampoco pueden cerrar los ojos o por las ensoñaciones de las inocentes que sí consiguen dormir. No oí los cascos del caballo acercándose, ni los pies descalzos de la chica recorriendo el sendero. Al fin y al cabo, soy una vieja casa de doscientos años, tengo doce desvanes, cuarenta y siete chimeneas y casi mil ventanas. Solo un espejo, que cuelga en la habitación de la hermana Priscia vuelto hacia la pared, como un ojo ciego. Soy, lo sé bien, una mansión maldita, la casa de la historia más triste de todas.»

La casa suspiró estruendosamente. A pesar de las telarañas de tiempo que a veces enredaban sus recuerdos, todavía era capaz de verla, de evocar sin esfuerzo la figura diminuta de la desdichada Larah, volando escalera arriba, recorriendo los innumerables pasillos siempre a punto de perder el aliento, siempre mirando hacia atrás, temiendo que sus perseguidores la hubieran alcanzado, al fin. Larah Corven, que había sido la belleza oficial de una lejana ciudad antes de que todo ocurriera, pero cuando llegó a la casa ya era una joven viuda y la mujer que ni siquiera podía refugiarse en el consuelo de llamarse de alguna forma, de cifrar su dolor en una palabra, como les ocurre a todas las madres que pierden un hijo.

Pobre Larah, se dolía la casa, al recordarla. Llevaba tantos días huyendo que se desmayó de pura fatiga ante mi puerta. Había viajado sin detenerse a descansar una sola vez desde un pequeño cementerio situado en la orilla opuesta del país donde había dejado flores frescas sobre la tumba de su esposo y había enterrado en el mismo panteón la caja blanca que contenía el cuerpo diminuto de un feto y un papel escrito de su puño y letra, con el nombre que hubiera recibido la niña si hubiera llegado a nacer. Se dejó caer junto a la escalera de entrada y cuando volvió en sí algunos criados la ayudaron a entrar aún aturdida en la enorme casa vacía, una de las propiedades que Larah Corven había heredado al enviudar. Venía dispuesta a vivir para siempre en la mansión, una villa grande pero en modo alguno monstruosa. Los sirvientes quedaron fascinados desde el principio por la belleza y la locura de su ama. Larah Corven no peinaba su cabellera desquiciada y lo miraba todo con los ojos febriles del asediado por sus propias pesadillas. Apenas probaba bocado e insistía en dormir cada noche en una habitación distinta, para esconderse de los espíritus de los soldados muertos en las dos penúltimas guerras, que, según ella misma contaba, habían lanzado un maleficio sobre toda su familia. Su amado esposo, el único hijo de un afamado fabricante de armas, había conseguido inventar el mecanismo automático que convertía un rifle original en el artefacto más mortífero creado por el hombre hasta entonces. Las ventas de los rifles Corven se multiplicaron por diez y la familia se había enriquecido en muy poco tiempo. Aquella fortuna lo había convertido en una de las primeras víctimas de la maldición, aseguraba la bella Larah, clavando en quien quisiera escucharla sus ojos de loca.

Larah había conocido al joven Corven en su puesta de largo. El ambicioso heredero supo, en cuanto la vio aparecer en el salón de baile, vestida con su hermoso traje blanco de debutante, que esa muchacha de cuya belleza tanto había oído hablar era la mujer con la que quería casarse. Resultaba casi imposible no prendarse de los oscuros rizos de Larah, de su risa de cascabel y la mirada azul hielo que tantos muchachos del lugar mandaron pintar en pequeños retratos que guardaron cerca del pecho, en el interior de su leontina o de un medallón, antes de marchar al frente. Pero solo uno, el apuesto e ingenioso Der Corven se propuso convertirla en su esposa. Era tan rico que podía permitirse echar a volar la imaginación, convertir en realidad cada uno de los sueños de Larah.

Larah vivió los meses previos a la boda sumida en un estado de felicidad febril. Su prometido le regaló un caballo blanco enano a la mañana siguiente del baile. Hizo traer del centro del país el primer gramófono, tan bello y monstruoso como una caracola marina gigante. Mandó construir una inmensa casa de piedra en medio del campo, una mansión con capilla de juguete, y cuadra y un enorme parque custodiado por una pareja de estatuas que se les parecían.

Después de la boda, Larah comprobó que era posible enamorarse a diario de aquel príncipe de las armas. Le fascinaba su ternura arrogante, esa manera que tenía de colmarla de lujos a cada paso, de arrodillarse ante ella sin perder un ápice de su fuerza. Der Corven, con su rizado cabello castaño y sus imponentes dos metros de estatura era el sueño de cualquier joven casadera y ella era el sueño de Der Corven. Todo parecía tan sencillo que a Larah le daba por reír si pensaba en su suerte.

Pero un mal día las cosas empezaron a torcerse como los dedos de un viejo. Primero enfermó de una extraña gripe la madre de Larah, de quien había heredado sus ojos de aguamarina. Del primer estornudo en la hora del té a la agonía dolorosa que la hacía escupir sangre cada vez que tosía, apenas transcurrió una semana. Luego vino la caída del caballo del padre de Der, que se rompió el cuello contra una piedra del camino. La boyante fábrica pasó entonces a manos del heredero, que asumió su papel con entereza. Pero la muerte se acostumbró a rondarlos y poco a poco fue apoderándose de cada uno de los miembros de sus familias. Camino del pequeño camposanto desfilaron los cortejos fúnebres de tías abuelas y primas adolescentes. Las desgracias se encadenaban y no pasaba un mes sin que hubiera de encargarse una corona de rosas negras para honrar a un querido difunto. Larah no entendía aquel anochecer repentino que los había envuelto a todos ni cómo el pesado vestido de luto se había convertido en la única prenda que encontraba cada mañana colgada de una percha ante el espejo, atroz y paciente como el médico que solo llega para certificar una defunción.

Pero lo peor estaba todavía por venir. Una mañana de octubre, el prototipo de un nuevo modelo de rifle, todavía más letal que los anteriores, se le disparó a un empleado de la fábrica mientras lo probaba en presencia de Der. La bala rebotó en la pared y entró por el ojo derecho del joven amo. Le deshizo la mitad del rostro, pero cuando Larah llegó a su lado, todavía sacó fuerzas para sonreírle con la orilla de la cara que había quedado intacta, como una vieja máscara rota. Der intentó hablarle, abrió los labios y Larah vio cómo la llegada de la muerte le hacía parpadear con algo parecido al miedo por primera vez desde que lo conocía. El ojo izquierdo reflejaba la perplejidad de quien nunca se había imaginado que la vida iba a durar tan poco, de que algunas despedidas sean tan breves, tan torpes. Fue el rígido vestido negro quien la hizo caminar delante del imponente ataúd de caoba fabricado a medida, ese traje de luto quien la amordazó y la obligó a mecerse al compás de un duro frufrú de enaguas y sollozos, acariciándose el vientre a cada paso, en busca de algún consuelo. Ni siquiera había tenido tiempo de darle a su marido la buena noticia. Tampoco ella pudo aferrarse a la nueva ilusión para mantener la cordura. Esta vez no hubo dramas, ni grandes tragedias dignas de ser consignadas en un folletín. Una noche Larah soñó que se levantaba de la cama vestida de fiesta y bajaba de puntillas la escalinata de su casa ahora tan solitaria, para que la muerte no la oyera salir. No se atrevía a mirar hacia atrás y recogiéndose las faldas bajaba casi corriendo por el camino que conducía al lago, hasta llegar a la orilla, ya sin aliento. Se removió inquieta entre las sábanas cuando se vio frente al agua helada. No lo hagas, quiso rogarle a la Larah del sueño. Pero el agua era una puerta abierta y ella quería cruzarla. Gritó o intentó gritar, pero no la oía. De espaldas a quien la estaba soñando, ataviada con un precioso traje estampado con ramilletes de nuncateolvido azules, peinada con un moño alto que dejaba su esbelto cuello a la vista, Larah fue introduciéndose despacio en el lago oscuro. Y la garganta quebrada de la otra Larah aulló entonces, y su voz retumbó en la noche del sueño, haciendo que la superficie de estaño temblara un instante, sorprendida.

Larah despertó en la quietud de su dormitorio, y lo primero que pensó fue que ella no tenía un vestido como aquel, ni ningún motivo para escapar de noche y hundirse en el lago. Se llevó la mano a la frente y suspiró aliviada al sentir en la mejilla el roce suave de la manga de encaje de su camisón, una prenda del ajuar de novia que había tejido su madre. Y entonces pensó en el lago, allá abajo, y fue creciendo en su interior la terrible sospecha de que había algo de verdad en el sueño, igual que siempre hay algo de mentira en un recuerdo. La mano temblorosa palpó las faldas del camisón, adivinando las piernas demasiado frías, la tela empapada y un dolor ardiente y húmedo que llegaba de la nada al centro mismo de su cuerpo.

Todo esto contaban en voz baja los sirvientes de Larah, que abandonó aquella casa para huir de la habitación donde había muerto la hija que no llegó a nacerle. Desde entonces solo la locura hizo que Larah no se olvidara de respirar. No recogió nunca más su pelo en un moño alto, porque quería alejar de sí el recuerdo del sueño del lago y no volver a hundirse en él como aquella noche. Emprendió enseguida el viaje hacia una de las muchas mansiones en las que no había tenido tiempo de vivir con Der Corven. Larah deseaba llegar cuanto antes a aquella casa vacía, pero tras varias horas a galope tendido el cochero detuvo el carruaje y le habló. «Estamos cerca de una pequeña ciudad de la costa, señora. Si los caballos no beben ya un poco de agua, si no les cambiamos ahora las herraduras, no llegarán vivos a nuestro destino, porque se mueren de cansancio y de sed.» A regañadientes Larah aceptó darles una tregua a las monturas. En cuanto encontraron una herrería el cochero desenganchó a las bestias y Larah saltó del coche incapaz de quedarse quieta un instante. Miró a su alrededor y vio que en la esquina del callejón junto al que abrevaban los caballos había una pequeña taberna. Sintió entonces que alguien la llamaba desde allá adentro, prometiéndole en susurros algo de consuelo para su torturado corazón. Sin pensarlo entró en aquel lugar que olía a algas y madera carcomida por el agua salada. No escuchó la voz airada del tabernero que la llamaba a gritos, ni reparó en los ojos acuosos de los marineros que la vieron avanzar en dirección a la trastienda, sin detenerse tampoco al llegar al estrecho pasillo que conducía a un diminuto gabinete. Allí había una mujer mulata que la miraba sentada en la penumbra, en el centro de un cuartucho, inmóvil como una estatua y con el gesto contrariado del que lleva tiempo aguardando a alguien que no se decide a llegar. Larah pensó en un pájaro exótico al mirar de cerca la brillante túnica que envolvía su cuerpo delgado y el complicado turbante de raso azafrán que le cubría el pelo. La desconocida la recibió con un silencio teatral y clavó en ella sus severos ojos negros. Le indicó que tomara asiento con un gesto majestuoso más parecido a una orden que a una invitación. Tendió sus manos afiladas como garras de ave y apretó entre ellas las de Larah. Cerró los ojos al tiempo que empezaba a susurrar una tonada monocorde, una letanía hipnótica con la que parecía estar acunándose a sí misma, mientras mecía el cuerpo de atrás hacia delante. De pronto alzó el rostro picudo y miró con desconfianza algo que Larah no acertaba a distinguir en la oscuridad del gabinete. Atravesó el aire vacío con sus iracundas pupilas e increpó en una lengua remota a los muertos que tardaban en contestar a su llamada.

Larah tembló y supo que habían llegado cuando la mulata Lobelia volvió a cerrar los ojos y esbozó una sonrisa de agradecimiento que la hizo parecer alguien mucho más joven, casi una niña pequeña que hubiera encontrado por fin la puerta de entrada al lugar más agradable de este mundo.

«Ya han venido. Ya quieren hablarte», murmuró, poniéndose en pie, con la elegancia de una princesa africana. Lobelia inclinó el esqueleto leve extendiendo los brazos interminables en una graciosa reverencia de bienvenida, como si de verdad una comitiva de espíritus se dispusiera a entrar en el cuarto mal iluminado y ella fuera a retirarse discretamente. Pero entonces levantó la voz y alguien que no estaba ni vivo ni muerto, alguien desesperado y herido para siempre gritó.

«Vete.»

Y Larah vio claramente su rostro curtido y sudoroso, incendiado por la certeza del final como por un resplandor aciago. La misma sorpresa dolorida de Der cuando su ojo sano miró algo por última vez. Lobelia se plegó sobre sí misma y cuando levantó la mirada otro soldado muerto habló por su boca, con un ligero acento del sur.

«Vete lejos.» Llegaron más. «Iremos tras de ti.»

La miraban desde otro mundo y amenazaban con volver.

«Te encontraremos allá donde vayas.»

«Vete con tu maldición y reza mucho. Reza por nosotros.»

Eso dijeron los criados que la joven viuda Corven llegó contando. Eso cuchicheaban los que la acompañaron hasta aquí, antes de que yo fuera Santa Vela, cuando todavía los viajeros sonreían y se detenían un momento a admirar los tejadillos triangulares, rojos como sombreros infantiles, de las dos torres laterales. Cuando aún había quien quería contemplar mi grandeza sencilla, el aire de novia que espera a su amor ante el altar de mi fachada de piedra joven. Las doncellas se apiadaban de la desgracia de su señora y se enamoraban del muerto al que ella había entregado su cordura. El ama de llaves cumplió sus órdenes y mandó llamar al capataz, que apareció enseguida dispuesto a trazar la línea que separaba el mundo real del reino alucinado de Larah. Vino acompañado de una nutrida cuadrilla de trabajadores y todos se pusieron a trabajar de inmediato en la edificación de un refugio imposible, que le permitiera a la joven viuda huir de los fantasmas que Lobelia le había mostrado.

Larah pidió un pasillo que conectara el edificio principal con otro, en el que construirían tantas habitaciones como pudieran, todas las escaleras que fueran capaces de imaginar.

Ellos trajeron los martillos, y los martillos hablaron.

Quería también desvanes, desvanes con claraboyas y sótanos ciegos. Taptaptap.

Los hombres obedecieron, como una legión de insectos laboriosos golpearon los muros. La casa que fui gritaba y nadie la oía. Lloraba por su hermosura de paraíso perdido pero era en vano. Ellos se afanaban en tejer una tela de araña eterna. En esculpir, desde el amanecer, monstruosas tartas de tejados.

Y chimeneas en las que cupiera su pequeño cuerpo tembloroso si debía ocultarse de ellos en plena noche.

Y varias cocinas, en cada una de las naves paralelas a las que podría accederse desde la original. Despensas, dormitorios y salas. Tumores, patas de palo, ojos de vidrio. Lavaderos, más dormitorios y peldaños burlones y puertas tapiadas. Había que engañarlos a todos, y eran tantos.

Doscientas ventanas. Un pasadizo secreto que condujera a la bodega. Y un solo espejo, que alguien colocó vuelto del revés para siempre, en la celda futura de la hermana Priscia.

Dios

Dios es Dios y suele hablar de sí mismo en tercera persona.

Dios acaba de pensar en ella, en la niña huida, pero solo un segundo. No conviene hacerse ilusiones. Dios no puede dedicar mucho tiempo a cada una de sus criaturas, precisamente porque Dios tiene todo el tiempo, y esa es su enfermedad, la más grave. Dios padece el tiempo como los pobres humanos padecen males monstruosos. Crónicos. Dios se pregunta a veces cómo será morirse. Dejar de tener tiempo, sentir que el final de la vida existe, que es justo esa certeza la que hace que valga la pena el avistamiento fugaz de la belleza o del amor. Dios está tan ocupado pensando en todo ese tiempo que le queda por delante que apenas mira de reojo a las pequeñas luciérnagas que se encienden un segundo en medio de su noche. Dios se queja pero está solo. Nadie, al parecer, es el encargado de atender sus lamentos. Cada suspiro de Dios dura un siglo y arrastra varios cientos de miles de cadáveres. Y nadie se gira hacia él, nadie se compadece de lo largo que está resultando todo esto. Una enfermedad maligna, el tiempo. Dios mira a Dios, su perfecta desnudez. Contempla los brazos nervudos de mármol, sus manos enormes de creador, siempre impolutas. Mira su costillar, sus largas piernas y sus pies descalzos. Palpa con un interminable hastío su larga cabellera de león. Suspira de nuevo, sin que le importen demasiado las consecuencias.

Le basta girar el rostro en cualquier otra dirección y reparar en la belleza maldita del mundo, en su irresistible y forzosa brevedad, para que se le amargue el día. Le duele la cabeza y debe acostarse un rato a oscuras, desnudo como una estatua abatida por cualquier guerra en un museo. Dios se duele de su desgracia hasta que se duerme. Pueden darse varios cataclismos en su ausencia porque Dios tiene un mal día, uno de tantos, pero sus pequeños seres humanos no se lo reprocharán nunca. Porque Dios está en todas partes. Dios lo puede todo. Su pobre reino necesita creer que Dios se aparece cuando menos se le espera y más se le necesita, que no se esfuma del todo, que ayuda en la sombra, oculto discretamente como un amante en el armario de su dama.

Son tan ingenuos, los hijos de Dios.

Dios es Dios.

Y se aburre, inmortalmente.

A ratos siente que Dios está muerto.

No es capaz de emocionarse cuando lo que ve es hermoso o sumamente triste. Hace siglos que no siente nada si escucha una sinfonía, que se pregunta «qué pasaría si...» solo para dejar de estar ocioso, para ocupar su tiempo enfermizamente eterno en algo menos aburrido que mirar cómo algunos le rezan con los ojos cerrados.

Pero Dios sacude la cabeza, Dios no puede estar muerto porque nunca estuvo vivo. Es difícil comprender qué es la muerte cuando no se le conoce un contrario. Dios habla de oídas si se interroga sobre estos temas y termina agotado. Cuando el cansancio solo tiene comienzo, cuando se convierte en algo infinito, la ira de Dios se desencadena como una tormenta silenciosa, en una esquina del cuadro. Dios odia a los que mueren, los odia más si sonríen, odia su calavera risueña. Su temporalidad finita, feliz.

El tiempo asignado a la recién llegada. Una jovencita tan calva y mal vestida como las otras, que está empeñada en creer en él para salvarse. La chica fugitiva quiere aferrarse a Dios porque todo el mundo habla de él en el orfanato. Se convence a sí misma de que tiene que ser lo único que la salvará, ahora que no tiene nombre ni cabello, que viste un saco negro y pasa miedo a todas horas. Miedo de que la próxima comida sea la última. De despistarse cuando todas las niñas salen a rezar de noche y no encontrar el camino de vuelta al dormitorio, de perderse por uno de los innumerables corredores de Santa Vela, como se dice que le ocurrió una vez a una de las huérfanas desaparecidas. A veces sucede, una de las muchachas se esfuma y nadie vuelve a verla más. Por eso ella le reza a Dios y Dios al principio no le hace caso, pero lleva pensando mucho tiempo en el tiempo y el zumbido de las oraciones de esa chica, allá abajo, empieza a molestarle. No le deja concentrarse en su propia tragedia. Y se gira, la mira, la ve tan bonita, tan condenada a morirse, tan afortunada, tan en paz simplemente pensando en que él está en alguna parte, que la envidia y se dice que ha llegado la hora de divertirse un rato. Por eso se inclina un poco y susurra en el oído de la jovencita las terribles palabras.

«No creas tanto en mí, porque yo no existo.»

Qué hermosa perplejidad, cómo le gustan a Dios esos parpadeos humanos que denotan un dolor repentino, hay que ver qué bien sufren los condenados, se dice bonachón por un momento. La niña abre tanto los ojos al escucharlo que Dios debe cerrar los suyos para apresar ese goce infinito. El sufrimiento de la muchacha, esa futura muerta afortunada, es real. Lo ha creado él, junto con todo lo demás. Le parece suficiente para afrontar un día más. Pero no ha calculado aún el alcance real de sus palabras.

La niña se queda quieta, mirando a los lados, como si dudara de que ha ocurrido lo que ha ocurrido. Luego se levanta, como una autómata obediente se dirige al baño. Dios la sigue desnudo hasta la sala de las duchas. Ha despertado su curiosidad, esa mocosa que abre una de las llaves y se coloca bajo el chorro de agua helada sin quitarse el camisón. Dios se pregunta entonces por su nombre y la respuesta acude súbitamente a su cerebro. Ventajas de ser el más viejo, el más sabio, el eterno. Mida, se llama. Mida.

Mida deja que el filo plateado caiga sobre su cabeza como un ejército de alfileres. El agua se desliza por su rostro aturdido. Moja el cuello indefenso, sus omóplatos, sus nalgas. Nadie puede aguantar sin moverse, ninguna de las huérfanas, también vestidas, soportaría esa tortura sin moverse. Pero Mida no siente el chorro congelado, ni el temblor, ni el castañetear de dientes. La niña de la ducha contigua la mira, con curiosidad. Mida sale del trance y mueve los labios. La otra hospiciana no la oye, acerca más el rostro. Mida repite la noticia como un secreto del matón de la clase.

«Dios no existe. Me lo ha dicho él, allá abajo.»

Dios debe taparse la boca con ambas manos para no estallar en carcajadas. Piensa que el juego es divertido. Persigue de puntillas al revolucionado ejército de niñas que se cuentan de unas a otras la terrible verdad. Qué caras, qué forma de mirar hacia la puerta, de quedarse petrificadas o negar maquinalmente que eso no puede ser cierto.

Dios, se lo dicen a todas horas, está en todas partes.

Dios rompe a reír y en alguna parte la tierra empieza a temblar y el tejado y el techo adornado con un fresco y antiguas molduras de una casa cae sobre dos amantes que yacían abrazados en su cama.

Dios no puede creer los efectos de su ocurrencia. Dios es feliz porque comprende que acaba de inventarse un nuevo juego, un pasatiempo, como dicen los mortales.

Y cuando la bandada de huerfanitas se dispersa, camino del refectorio, decide salir en busca de otra criatura que le haga reír de nuevo, con las mismas ganas.

Lavinialea

Nos llamamos así. Lavinialea. No sabemos dónde empieza una y dónde acaba la otra.

Sentadas en el suelo, unidas como las doce en el reloj. El torreón está oscuro. Somos su monstruo.

Nacimos con dos cabezas. Lavinia piensa y yo hablo. Lavinia imagina y yo soy su voz. Nunca he visto los ojos de mi hermana, ni ella los míos. Nos cogemos las manos de noche. Su silencio me reconforta. A ella, lo sé, la calma escuchar la canción que canto hasta que el sueño nos vence.

La canción la inventó Lavinia en clase de piano y yo la leo en su mente, abierta como un libro de aquellos que había en casa de nuestro padre. No he visto nunca los ojos de mi hermana, pero sé que llora algunas noches cuando entono su nana. Siento cómo tiemblan sus hombros, unidos a mi espalda como dos alas.

Nos separa un muro y nunca te veré, mi amor.

Mi corazón late en un pecho y nunca podré escucharte, tan lejos como en la guerra, después del muro, más allá del jardín,

tu corazón.

Lavinia no oye ni habla. Lavinia no puede ver. Nació con un velo de gasa gris cubriendo su rostro. La comadrona lo retiró con un paño de lino húmedo, pero ya era tarde. Yo, en cambio, llegué al mundo con los ojos abiertos. Siento el aletear de las palomas en la torre vecina, el palomar de Santa Vela. Las veo cruzar ante el ventanuco del torreón cuadrado donde nos encerraron a las dos, a la una que somos. Vuelan hacia alguna parte, llevan cartas. Casi puedo tocar las plumas de leche, el pliego de papel unido con un lazo negro a una de sus patas. Lavinia piensa una palabra. Yo la digo.

Lejos.

El torreón está oscuro. Somos su monstruo.

Lavinia recuerda mi llanto feroz, yo el rostro de una mujer que miraba a su hija recién nacida por última vez. Nuestro padre se guardó el horror que sentía y sostuvo ante sus ojos la mitad exacta de la criatura que le había costado tanto concebir. Yo vi los labios febriles combarse en una sonrisa helada y Lavinia, pegada a mi cuerpo como las alas de un ángel, pensó.

Madre.

La madrugada en que nacimos el diablo le acercó al joven viudo un almohadón de seda y le susurró que nos matara. Pero aunque nuestro padre se acercó al lecho blanco, vacío de su esposa, con la almohada en las manos, vio las cabecitas juntas y olió a leche y almendras. Sintió que la ternura le trepaba por dentro, como una inevitable enredadera. Y nos llamó Lavinialea porque no se sabía dónde empezaba una, dónde acababa la otra. Mandó al mejor artesano de la ciudad que fabricara una cuna para sus gemelas y pagó en oro el silencio de una costurera. La mujer cosía trajecitos con cuatro mangas y faldones dignos de las hijas de un rey. Nuestro padre llegó a creer que las dos éramos en realidad una, porque solo yo lloraba o reía. Solo mi hermana pensaba. Yo pronuncié la primera palabra.

Papá.

Crecimos y Lavinia aprendió a leer sinfonías enteras a través de mis ojos. El sonido anisado de las teclas del clave y vestidos de un solo lazo, mis manos alejadas de las manos de mi hermana, pero cuatro zapatitos negros colgando de la banqueta doble que el mayordomo acercaba cada tarde a nuestro bello piano.

El cuento era hermoso. Nuestro padre marchaba a atender sus negocios y nos dejaba en manos de dos hermanas mudas que no se inmutaban ante la niña espejismo. Regresaba de sus viajes tiempo después, con extraños regalos que hacían que Lavinia me gritara desde el este de mi cabello y el suyo.

Risa.

Reía, obediente, al sacar de la caja de una sombrerería romana la pamelita de paja para dos cabezas, al desenterrar de un baúl antiguo de palisandro la pareja de muñecas con rasgos orientales y kimono de seda azul pavo real unidas por la espalda, que halló en un bazar de Siam. Nos construyó un mundo a medida, donde todo, incluso nosotras, era posible.

Pero en algún tramo del cuento, el barco que traía de vuelta a nuestro padre se hundió en un mar lejano. Llegó un telegrama. Lavinia adivinó su levita de terciopelo, devorada por los peces del fondo, lentamente. Nuestras tías mudas hablaban entre sí con sus manos y dibujaban cuchillos feroces en el aire. Yo no tuve más remedio que susurrarlo.

Miedo.

Llegó la hermana Priscia y clavó en mí sus ojos pálidos de gato. Asintió y guardó en un bolsillo invisible de su hábito el saco de Judas que una de las nuevas dueñas de la casa de nuestro padre le entregó.

No nos resistimos. La mente de mi hermana se cerró como una tumba. Yo bebí dócilmente el caldo de pétalos de nardo que una de las traidoras, la que solía cuidarme, acercó a mis labios, abriendo la boca para que la imitara. Nos trajeron tumbadas en un viejo carro lleno de paja, como a una rara figura de porcelana que alguien fuera a desempaquetar muy lejos.

Dos sombras oscuras nos subieron hasta aquí en volandas. Todavía adormilada, Lavinia pensó en ella y en mí, en brazos de las torpes novicias que no nos miraban porque les dábamos miedo y asco y más miedo. Lavinia nos imaginó a ambas girando la cabeza con infinito cuidado sin que las monjas se percataran, moviéndonos como dos planetas ciegos hasta que lográbamos desenredar las cabelleras unidas en una sola trenza, hasta que soltábamos el nudo que unía nuestras nucas. Lavinia nos vio dejando de dar las doce, paradas en la esfera de un desquiciado reloj, de una naturaleza tan cruel como para permitir que hubiéramos nacido, que aún estuviéramos vivas, pese a todo. Los peldaños crujían, incómodos a cada paso. Mi hermana y yo, libres por fin, nos abrazamos.

Yo supe que era mejor no decir nada.

A veces se olvidan de subir a vernos, de traernos el cuenco de gachas frías, la jarra de barro con agua. Lavinia piensa a ratos que ha oído la voz grave de un hombre que la despierta. Se aferra a esa voz que le repite una y otra vez que va a venir a buscarnos, que todo este dolor es necesario. Lavinia confunde la voz que surge de las sombras con una vieja caricia. Siente de nuevo la mano de papá enredándose en nuestras cabelleras. Se equivoca. Por primera vez me niego a ser su garganta. Sé que el hombre al que mi hermana escucha, a quien empieza a creer en las sombras, en el interior de su estómago vacío, no es nuestro padre. Ni siquiera es un hombre.

Temblamos sentadas a oscuras, añorando otra dosis de esas flores blancas. Ya no sabemos si aún vivimos en el torreón. Si todavía somos su monstruo.

Tábata

«No, no me han entendido bien –les dice a las hermanas–. Miren mis lentes. Se partieron con el golpe, pero son muy caras, las trajeron en un barco. Ninguna niña sin padres podría comprarlas.»

«Dejen que me explique.»

Las dos monjas de la entrada continúan vigilando su rostro. Tábata va comprendiendo que no creen una palabra y que la miran como si les estuviera contando un cuento que ya les sonara de otras veces. Las ve mover la cabeza al otro lado de los vidrios rotos.

«Yo no soy huérfana –repite–. Yo tengo padres. Y una tía favorita.»

Las dos monjas de negro, una a cada orilla del cristal, como reflejadas en la luna de un armario abierto. Quiere contarles la historia desde el principio, pero las palabras tropiezan unas con otras, se empujan. Intenta aclarar sus pensamientos. Mejor ponerlo todo en orden antes de hablar, se dice. Había pasado un mes en el sanatorio y faltaba poco más de medio día de viaje para llegar a la villa de sus padres. Había ganado algo de peso, respiraba mejor que nunca. Eso es. Hacía una mañana cálida y su tía le permitió subir un rato al pescante, sentarse junto al cochero porque el aire fresco le haría bien. Por eso ella vio antes que nadie al ciervo. Fue lo último que pudo ver con nitidez.

«Les juro, hermanas, que el ciervo era casi blanco y que atravesó el camino de un salto. Mis padres dicen que tengo demasiada imaginación, que a veces lo que creo que está pasando es solo algo que he inventado y que siento real porque paso mucho tiempo sola. Pero yo no pude imaginarme todo aquello, a un ciervo así, que parecía llevar alas, ni el salto, ni el accidente. No puede ser que sucediera solo en mi pensamiento. Mis lentes volaron por los aires y tuve que arrastrarme por el suelo para encontrarlas. Es verdad que el ciervo parecía el ciervo de un sueño, pero el cochero se asustó de verdad. Tiró muy fuerte de las riendas. Yo le vi frenar con todo su cuerpo antes de perder las lentes, frenó con sus brazos fuertes y su sombrero y sus cejas pobladas y su barba de chivo. Abrió mucho los ojos, como si pensara que así iba a frenar mejor. El ciervo ya había desaparecido entre los árboles y seguro que volaba hacia el siguiente cruce de caminos para poner en apuros a otro cochero.

»Escuchen, iré con ustedes pero escúchenme. Toso si me pongo nerviosa. Si hubiéramos viajado en uno de los otros coches, quizá nada habría sucedido como pasó. Pero íbamos en la calesa. Es pequeña, muy pequeña. Por eso mis padres casi nunca la usan, dicen que parece un carruaje para muñecas donde no caben los libros de papá, ni los sombreros ajardinados ni todos esos trajes de mi madre que parecen guardarse su cuerpo dentro cuando las criadas la ayudan a desnudarse y vuelven a colgarlos en el vestidor. Decidieron regalármelo para que yo viaje en él cuando necesito ir al balneario. La calesa de Tábata, le dicen. En ella viajábamos tía Eda y yo, en busca de unos pulmones nuevos con los que pudiera respirar toda la noche sin despertarme de pronto, sin ahogarme. Créanme. Viajaba con tía Eda cuando apareció el ciervo.»

Pero las monjas del cristal no la escuchan. Casi nadie le hace mucho caso y Tábata reconoce enseguida, a pesar del vidrio roto de sus gafas, el aire indolente en la postura de las hermanas. Detecta el fastidio en el suspiro que suelta la de la derecha, la impaciencia con la que la otra extiende un brazo gigantesco, una zarpa abierta para agarrarla. Sabe que tiene que gritar, oponer alguna resistencia y abre la boca cuando tiran de ella hacia la puerta abierta del caserón. Pero el grito que Tábata oye toda claridad resonando en su cerebro, expandiéndose desde ahí a sus labios, a sus pestañas, que recorre cada centímetro de su cuerpo, nunca llega a brotar de su interior. Nota estremecida que el eco de su aullido la acompaña mientras la casa la recibe con sus dedos helados y una corriente de aire frío le acaricia los rizos aplastados en la nuca, manchados de su propia sangre seca.

Se arma de valor para intentarlo otra vez. Susurra.

«No, tienen que creerme. Sé francés, *mes sœurs*. Vivimos en una casa enorme, casi tanto como la suya. Tenemos criados, caballos. Un cochero. A mí nadie me ha dejado a la puerta del convento, como al resto de las niñas. Mis padres me quieren aunque a veces invente cosas. Es verdad lo que les cuento, es verdad que he llegado aquí por mi propio pie.»

Entonces la segunda monja la mira, torciendo monstruosamente el labio. «Es el cristal de las lentes, lo vuelve todo feo», se dice Tábata, aunque sabe que la mira así de verdad, como si ya hubieran oído la misma historia cientos de veces, como si fuera una lección mal aprendida y ella una torpe embustera más.

«Por favor, dejen que les cuente.»

Las dos hermanas miran al frente, como si no la oyeran, y siguen arrastrándola por el vestíbulo. La casa le sopla en la oreja, burlona, su helada bienvenida.

«Ríndete ya.»

Pero aún no se da por vencida. Ha empezado a toser y decide dejarse llevar dócilmente, intentando pensar bien lo que va a decirles cuando cese el ataque de tos.

«Todo lo que ha sucedido puedo probarlo, hermanas. Regresaba a la villa de recreo de mis padres, por fin. Había caído enferma en septiembre. Pasé el invierno en cama, tosiendo y temblando. Me daban calambres en las piernas. Me ardía la frente, pero el frío que sentía no era el de diciembre. Venía de dentro de mí, yo era el muñeco de nieve que quería construir en el jardín con tía Eda, cada mañana de Navidad. Pensé que iba a morir, hermanas. Pensé que la muerte era la sombra que se sentaba a veces en esa butaca de la ventana, junto a mi cama. No la veía bien, pero sabía que estaba allí, peinada con un moño alto, sentada muy rígida en su asiento, mirando cómo las doncellas me cambiaban el camisón y refrescaban mi frente con un paño suave. Ella no hacía nada, no se movía. Era muy raro. No podía ser la nueva gobernanta porque mi madre nunca hubiera permitido esa actitud en una mujer a su servicio. Pero tenía siempre tanto sueño, temblaba tanto, que se me había olvidado la intrusa en cuanto cerraba los ojos y el viento empezaba a soplarme por dentro.

»Y de pronto, una mañana amaneció. No sale el sol así todos los días. No entra así por todas partes, reflejado en el rostro de las criadas, tumbándose como un gato a los pies de la cama. Mi madre lloró de verdad, con unas cuantas lágrimas, al verme echar atrás el rebozo que me tapaba hasta las orejas y anunciar, con solemnidad, que ya no tenía frío. Pedí mis lentes y bollos para desayunar. Mamá no se enfadó por nada aquel día, ni me mandó callar cuando le pregunté por tía Eda, como hace casi siempre.

»Enseguida me di cuenta de que la mujer del moño alto se había ausentado del dormitorio. Tampoco estaba ya la butaca que creía haber visto noche tras noche, bajo el ventanal. Hermanas, no me dejan decirles todo esto, pero sucedió justamente así. Desperté aquella primera mañana del mundo y vi llorar a mi madre con los dos ojos, lo juro, lloraba. Entonces llegó el doctor, victorioso. Abrió su maletín de cuero y alzó la voz al dar sus instrucciones: aire puro y mucho descanso. Aire puro y mucho descanso.

»Sí, estuve enferma, unas fiebres que no bajaban, mucho dolor de huesos, apenas comía ni dormía. Frío, un frío atroz. El trajín de la ciudad, el aire negro de las fábricas no ayudaba mucho. Morían muchos niños en invierno. Las madres vestidas de luto cerrado cruzaban las calles en coches de caballos adornados con crespones negros, tan tristes, tan apenadas de ser rubias, de que quedara algo de color en el mundo después de haber perdido su corazón. Yo me salvé, hermanas.

»El doctor me mandó a respirar a la montaña, por eso emprendimos este viaje. Mi adorada tía Eda y yo. Créanme, es la pura verdad. Escuchen, miren mis lentes. Ninguna niña huérfana podría pagarlas. Me las trajeron por el mar, desde un lugar lejano cuyo nombre, estoy tan nerviosa, no puedo recordar. Las fabricó para mí un sabio judío, eso sí lo sé. Nací casi ciega como un topo pero con ellas veo. Las veo a ustedes y veo esta hermosa casa. Deben buscar a mis padres, ellos les darán dinero para que ustedes puedan ayudar a niñas pobres de verdad. Por favor, créanme, deben creerme. Yo no podría inventarme todo esto.»

Pero Tábata se da cuenta entonces de que no puede abrir la boca. La historia que debe contarles a las guardianas no encuentra la salida. Se ha quedado atrapada dentro de ella, como si su cuerpo fuera un hormiguero con todos los agujeros tapados por trozos de hojas secas y barro.

Van camino del corredor principal. La monja de las manos como zarpas de lobo se fija en su caperuza de terciopelo color grosella.

«No, no, no. No me la quite, se lo ruego. Es un regalo de cumpleaños. Once, tengo once recién cumplidos.

»Me la regaló tía Eda. Ella me acompañaba en la pequeña calesa. Ella iba a cuidar de mí durante un mes. Eso era lo importante, aunque los demás no sean capaces de verla. Mi tía me regaló esta capa. Es la dama blanca de un camafeo, puedo mirarla mucho tiempo, como a un cuadro, y nunca me aburro. La mañana de nuestra partida estaba tan elegante con su traje negro de seda y el velo de tul cubriéndole el rostro. No dejaba de sonreír. Charlábamos muy animadas, contándonos todo lo que haríamos el tiempo que íbamos a pasar juntas. A la tía Eda le gustaba pintar y tocaba el arpa.

Íbamos a salir de excursión todas las mañanas, en cuanto yo estuviera un poco mejor.»

Entran en una sala desierta. Una silla, un espejo, una pila de mármol en la pared, una monja más, esperando.

No, no me moveré. Me quedo aquí quietecita, para que vean que no iré a ninguna parte. Me siento donde me dicen. Otra hermana afila unas tijeras junto a la palangana de loza. Cuando termina se acerca con unas toallas y las tijeras en las manos. La capa ha gritado muy asustada cuando una de las dos monjas ha preferido no volverme, no ver cuál de las dos era, me he pedido que me la quitara y se la diera, pero he hecho como que no la oía.

He obedecido.

He cerrado los ojos. Cris, cris. Mis rizos ensangrentados están muy duros y tardan en caer al suelo. La muerte se pega a las personas y no las deja escapar fácilmente.

Pobre tía Eda, bajo esa calesa de juguete, aplastada por una de las ruedas. Atrapada en la muerte, como un insecto en un plato de miel, con su velo de tul negro lleno de pequeñas moscas de seda flotando, inmóviles, alrededor de su cara.

Agua helada en las orejas y el cuello, para humedecer los rizos que se resisten más. Su frialdad casi la hace llorar, le duele más que el golpe que se dio al caer del asiento del cochero.

Le cambian el nombre. «A partir de ahora te llamarás Verdad», le ordenan. Ya no tiene pelo, ni abrigo. Ya no es Tábata. Sale al pasillo y otra mano de monja, a estas alturas todas le parecen la misma, la empuja para que se una a la fila de niñas que pasa justo entonces por delante de la sala donde le han entregado el uniforme de saco.

Las huérfanas caminan abatidas, de dos en dos.

Verdad las sigue, tosiendo y tiritando. No sabe cuánto rato pasa caminando detrás de sus compañeras, cuántas escaleras suben, cuántas galerías interminables atraviesan. Pero de pronto, al final de un pasillo tan parecido a los otros pasillos interminables que han ido dejado a sus espaldas, Verdad divisa la silueta de un hombre, un anciano muy alto, inmóvil como una estatua de piedra, parado junto a una vidriera. El viejo sonríe bondadoso y la mira a ella, a través de la fila de huérfanas. Las otras pasan ante él sin mirarlo, pero a Verdad se le acelera el corazón y no puede apartar los ojos de sus largos cabellos plateados, de sus vestiduras, tan blancas como la luz que se filtra a través del vidrio emplomado. Es como si la luz, alcanza a pensar, saliera de la túnica y lo envolviera todo. Nota que su pulso se le acelera. «Me ha elegido –se dice Verdad–, me ha elegido a mí.» Sus padres tampoco creerían esto, pero ella sabe que está sucediendo, que no se lo inventa. Camina más despacio, sintiendo un latido que le golpea el pecho como un puño llamando a una puerta. Deja de toser. No, claro que no. No podría inventar a ese hombre, aunque quisiera. Los ojos del viejo son tan hermosos, parecen animarla a que se detenga un poco, a que hable con él. Se inclina un poco, le pone la mano grande, pesada como el mármol y suave a la vez, sobre el hombro. De pronto Verdad querría cerrar los ojos allí mismo, en el gélido pasillo desierto, sentir que la mano la acaricia mucho rato, como si fuera un gato oscuro. Eso piensa, dejarse llevar por el calor desconocido que le llega a través de esos dedos.

«Qué tienes en los ojos, hija mía.»

Verdad abre la boca para contestar, pero solo suspira. La voz del viejo es un bálsamo que cura los arañazos de su rostro, que sopla suavemente sobre los latigazos del miedo que se apoderó de ella desde que se vio atrapada en el interior de esa pesadilla a la que nadie llega para rescatarla. Siente un alivio infinito cuando el viejo la llama «hija mía» y las dos palabras resuenan por el corredor, enormes y ciertas, mientras los pasos de las demás se alejan. «Quiero ir contigo», piensa, pero no se atreve a contestarle, ni siquiera encuentra el valor para volverse y mirarlo de frente. No entiende qué le pasa. Todo su cuerpo querría ser del anciano y no sabe si eso está del todo bien o si es un error terrible. Pero a ella le gusta sentir así, notar algo muy bueno que le eriza la piel y le llena los ojos de unas lágrimas mansas. Casi puede sentir en la garganta el rumor metálico del llanto guardado ahí desde hace horas, como el agua dormida en una vieja fuente. Tiene sed. Llorar, ojalá, ojalá pudiera llorar mucho rato mientras el anciano la carga en brazos y se hunde en un sueño profundo, mecida por su voz, en paz, como cuando se quedaba dormida en el cuarto de juegos y tía Eda la llevaba hasta la alcoba y ella soñaba que subían escaleras mientras subían escaleras y olía los rizos perfumados de su tía como si estuviera despierta.

«Qué tienes en los ojos, hija mía.»

La voz resuena de nuevo, quizá un poco más impaciente que antes. Verdad sale de su ensoñación con un respingo.

Baja más la cabeza y le tiembla la barbilla. No sabe qué contestar. Supone que sus ojos reflejarán el terror que siente porque ha visto morir al cochero y a su tía, sí, también a su amada tía Eda, aunque sus padres no lo crean posible. Tiene el miedo pegado al cuerpo como una sombra y querría decirlo. Lo último que desea es resultar maleducada pero le cuesta entender la pregunta y tampoco quiere parecer una idiota delante del anciano caballero de otro tiempo. Mira hacia abajo. Lleva las mismas zapatillas de tela que las otras, el mismo vestido negro que pica terriblemente, como si lo hubieran cosido con hormigas muy negras. Le han rapado el pelo, igual que a todas. Sus trenzas cayeron en la pila de mármol, como dos tristes animales muertos. Se da cuenta entonces. No le han quitado las lentes rotas. Eso al menos no. La línea que atraviesa el cristal izquierdo parece el rayo grisáceo que parte el cielo en dos durante una tormenta. Le recuerda de pronto que aún conserva la más preciada de sus posesiones.

«Son mis lentes.»

El anciano retira la mano de su hombro y Verdad cree que acaban de abandonarla de nuevo y que va a morir de desolación. Entonces el anciano se arrodilla ante ella. Aún así la mira desde arriba, con la media sonrisa dulce de un abuelo. Acerca sus manos al rostro de Verdad y ella siente cómo las puntas de esos dedos que lo curan todo suben por sus mejillas en una caricia íntima, llegando hasta las gafas que le trajeron de tan lejos, que en realidad son sus verdaderos ojos.

«No las necesitarás nunca más, hija mía. Yo veré por ti.»

Las gafas se estrellan contra el suelo y se hace de noche para Verdad, pero no le importa nada sumirse en la oscuridad, caminar en la tiniebla, porque él ya ha vuelto a ponerse en pie, la ha cogido de la muñeca y los dos echan a andar. Verdad cierra los ojos que ya no le sirven de nada y se concentra en contar sus pasos, los suyos, porque los del desconocido bondadoso no suenan en el corredor. Avanzan, piensa a veces, otras le parece que giran y retornan, doblan una esquina y continúan. Hasta que de pronto se detienen junto a una escalera que baja hacia alguna parte. Verdad no puede verla, pero siente ante ella el hueco luminoso, el frío que trepa por los peldaños.

El anciano bondadoso murmura que vaya con ella, que le haga caso. Sabe cómo guiarla por buen camino, asegura. Verdad duda. Le da miedo caerse, confiar en el equilibrio de su cuerpo torpe. «Ven, vamos juntos, hija mía. Ven», repite entre dientes, junto al primer peldaño. Verdad termina de decidirse al sentir la irritación en la voz de su salvador.

No lo piensa más. Fuera la estarán buscando, a ella al menos sí. Sus padres nunca vieron a la tía Eda pero no olvidarán a su única hija perdida, ella es de verdad y mandarán a muchos hombres a recorrer los bosques, los caminos. En algún momento encontrarán la pequeña calesa y mientras tanto ella estará a salvo con el desconocido que ahora le aprieta la mano un poco demasiado fuerte. Levanta el pie izquierdo. No puede evitar pensar que no debió detenerse en el convento, por más que sintiera que algo desde el otro lado de los muros la estaba llamando. Vacila al encajar el pie derecho en el siguiente escalón. Tendría que haber continuado hacia delante, pero le dolía tanto la cabeza, lamenta ahora. El hombre de la túnica baja demasiado rápido, como si de pronto tuviera prisa. Verdad le ruega que vaya un poco más lento, pero el anciano gruñe y se zafa de su mano para seguir bajando tan veloz como si fuera un muchacho, como si escaparan de un incendio en la planta superior. Verdad suplica. «No me deje, señor, apenas veo nada.» Busca a tientas la pared para encontrar un apoyo y sigue bajando, confiando en que él la espere abajo. No los cuenta, ya no hay tiempo, pero siente que pasa una eternidad bajando escalones, asustada y casi sin aliento, rezando para que la mano del desconocido vuelva a aferrar la suya y puedan hacer juntos el resto del camino. «Hacia dónde, dónde te llevaba», le pregunta una voz burlona desde su interior, la misma que a veces le hacía dudar de todo, sospechar que la tía Eda no era más que otro de sus delirios de niña solitaria. Sacude la cabeza para alejar el zumbido de esa voz. «No sé, qué más da, íbamos hacia alguna parte.» No oye al anciano, era tan sigiloso al caminar. Se apura para bajar un poco más rápido, resbala y aunque consigue mantener el equilibrio se tuerce el tobillo. Disminuye el ritmo, intentando no pensar en el dolor. Una y otra vez adelanta con cautela el pie izquierdo hasta que logra colocarlo en el siguiente peldaño. Entonces repite el gesto con el derecho, que duele tanto. Al cabo de un rato se dice que puede haber pasado un siglo concentrada en el descenso, puede que se haya hecho vieja por el camino. Y es cuando el pie izquierdo ya no encuentra otro escalón ante él y comprende que acaba de alcanzar el final de la endiablada escalera. Se detiene a respirar. Lo ha logrado. Palpa el aire insegura, buscando a tientas un muro en el que apoyarse. No está por ninguna parte, el hombre de la túnica ha desaparecido y Verdad se acuerda de sus gafas, abandonadas en alguna parte, rotas del todo. Se apoya contra una puerta negra. La empuja y la puerta, milagrosamente, se abre. Él estará allí, seguro que la espera al otro lado y ahí pueden sentarse, comer algo, aguardar a que sus padres, por fin. Murmura un «Gracias» muy bajito, se cuela en el interior de la habitación, pero entonces el suelo se abre bajo sus pies. Otra escalera, no un dormitorio, ni una sala ni un desván. Se golpea en los brazos y las piernas. Grita porque no hay nada que pueda evitar la violencia de su caída. Cae una y otra vez, a oscuras, oyendo tan solo sus propios gritos de terror. Arriba se cierra una puerta. Los pasos de Dios no hacen ruido, nadie puede oírlos, pero Dios ríe por el pasillo, que guarda mucho rato el eco de sus carcajadas. Tendida en el suelo, Verdad no se siente capaz de reptar por los peldaños hasta llegar a la puerta, de golpear con los dos puños la madera y pedir ayuda. Se queda acurrucada y murmura, aunque no haya nadie cerca para escucharla.

«De verdad, yo no soy una huérfana.»

Moira, la de las mil muertes

He muerto veintidós veces, pero apenas recuerdo tres.

La primera, cuando mi mejor amiga cruzó el jardín para decirme que ella me había inventado y no quería seguir pensando en mí. La creí, aquella chica parecía saberlo todo. Los mejores lugares para encontrar moras negras, cuando más dulces eran. Sabía hacerme trenzas con los ojos cerrados y escribir con las dos manos, como si ambas fueran la derecha. Mi mejor amiga estaba muy seria cuando me dijo todo aquello. Yo te he inventado, eres una mentira de mi imaginación. Hace tanto que aquí no vive nadie que he pensado en lo agradable que sería conocer a una niña nueva y por eso estás aquí. Si yo no te pensara, tú no vivirías. No vives, yo te pienso. Eres mi amiga imaginaria y es hora de que lo sepas. Recoge tus cosas y vete antes de que te mate de alguna manera horrible para que desaparezcas de mi vida.

Luego se dio media vuelta y se marchó, con sus pesadas trenzas oscuras cayendo por la espalda, como un par de escalas de las que los príncipes usan para trepar a la almena de su amada en los cuentos. Mi amiga se fue haciendo pequeñita y yo no aparté los ojos de ella hasta que desapareció en un recodo del camino. Esperé, con los dedos de las dos manos cruzadas, a que se diera la vuelta y se riera con aquellas carcajadas que eran muchos instrumentos dulces a la vez, cascabeles traviesos y una lira tierna, con fondo de violín ligeramente desbocado.

Volví a casa y me encerré en el cuarto trasero donde mi madre almacenaba las conservas y los frascos de compota. Solo ese lugar me parecía lo suficientemente oscuro y frío para mi estado de ánimo. Mi padre había clavado una tela negra en el ventanuco, de forma que no entrara ni un rayo de luz del exterior. Costaba que tus ojos se acostumbraran a la penumbra. Me senté sobre las baldosas de aquella habitación cuadrada, repleta de estantes. Colgaban del techo algunos ganchos con el cuerpo de un conejo recién muerto o el tronco abierto por la mitad de un cerdo. El aire olía al miedo de aquellos animales que comprendieron la muerte en cuanto la vieron aparecer en forma del filo plateado del limpísimo cuchillo de mi padre. Los botes de cristal se alineaban en perfecta formación, y me gustaba y al mismo tiempo me aterraba mirar en su interior. Siempre me pareció que los alimentos que mi madre preparaba para almacenar en invierno estaban muertos, muertos como el conejo o el lechón, y conservados en una sustancia extraña, en un agua turbia que hacía que tomaran la figura de seres no nacidos, de criaturas mixtas, hijas de la unión de seres humanos y árboles o animales. La sangre de las ciruelas rojas, la asfixia de las zanahorias comprimidas en los frascos más estrechos, los terroríficos pepinillos en su pantano verdoso. Allí decidí irme a desaparecer del todo, convencida de que mi amiga tenía razón, de que yo era tan solo un ser que ella había inventado. Mandaba sobre mí y pedía mi muerte. Me arrodillé con las manos juntas, como si rezara. Fuera, mi madre hablaba a sus gallinas y mi padre talaba leña. Ellos también debían de ser mentira, seres imaginados por la mente de una niña con trenzas que ahora decidía nuestra destrucción. Incliné la cabeza a la derecha, como ofreciendo mi cuello a un verdugo. Era lo que había visto que hacían algunos santos en las pinturas de la iglesia, entregar su vida sin luchar, orando, a los infieles. Noté de pronto en los párpados el peso de un sueño atroz, el de alguien que llevara sin dormir desde el momento mismo de su nacimiento. Sentí que mis brazos y mis piernas dejaban de ser míos, que alguien los soltaba de mi cuerpo como si supiera exactamente dónde se escondían los resortes secretos para hacerlo. Oí, cuando el final estaba muy cerca, el ritmo casi inútil de mi corazón deteniéndose. No vino la espada, pero igualmente yo me morí.

La luz era insoportable y por eso abrí los ojos. El resplandor se confundía con el lejano sonido de la voz de mi madre, que me llamaba desde la puerta de mi habitación. Aspiré una bocanada de aire, para comprobar si mis pulmones me obedecían, y reconocí el aroma a madera de roble y semillas que seguía flotando en mi cuarto, como un recordatorio del tiempo en que fue el granero pequeño de la casa. Palpé las pesadas sábanas de algodón. Quién me había llevado hasta la cama, quién me había vuelto a la vida. Oí con toda claridad, ahora sí, las palabras de mi madre.

«Date prisa, dormilona, levanta.»

Me vestí con la misma ropa del día anterior, que descansaba paciente, sobre la colcha. Desayuné una jarra de leche tan fresca que era blanca. Salí corriendo de casa, para probar que mis piernas respondían. Bajé por el sendero que conducía a la valla de nuestra pequeña granja y a medio camino me detuve en seco.

Mi amiga me esperaba al otro lado, de pie al borde del camino, con las trenzas y la sonrisa interminables de cada mañana y los brazos en cruz, luchando como siempre por mantener el equilibrio sobre la hilera de piedras redondas que ella misma había colocado allí en línea recta. Nunca se cansaba de ese juego. Me alegré de que saludara con la mano cuando estuve más cerca. Me veía. Yo era verdad.

Recuerdo también mi segunda muerte. No fue hace tanto tiempo. La peste púrpura llegó a nuestro pueblo como un viento helado. Decían que la enfermedad flotaba en el aire y que la trajo un jinete, mensajero del rey que llegaba de lejos y se detuvo a descansar en una plaza, antes de continuar su camino hacia palacio. Llegaba de la corte de un país vecino donde había recogido un sobre lacrado. No sabía que la enfermedad había anidado en cada rincón de la capital y en los labios violáceos de la hermosa dama que acompañaba a la reina, a la que besó de noche, durante el baile de máscaras que se celebró durante su estancia. El caballero saltó de su caballo ligeramente febril, dijeron los lugareños, sudoroso y muerto de sed. El tabernero admiró la belleza del magnífico alazán negro como el carbón al llenar de agua fresca el abrevadero de su posada y le sirvió una jarra grande a él también. Pero el emisario ni siquiera llegó a probarla. La jarra se le escurrió de entre las manos y se hizo trizas contra el empedrado. El jinete intentó decir algo, pero tampoco pudo hablar. Tenía los labios morados, como su amante, cuando se desplomó en el suelo. El alazán huyó despavorido y el tabernero gritó la terrible palabra, antes de echar a voces a los hombres que bebían en la tasca y encerrarse en su posada y de atrancar las puertas y ventanas para que nadie más saliera o entrara.

Peste.

Y de ahí en adelante, la enfermedad que teñía los labios del color de la sangre viajó veloz como un rayo y se apoderó de cada uno de los habitantes que encontró en su camino. Murieron el posadero, su mujer, sus seis hijos, en apenas unas horas. La muerte los maquilló a todos y la epidemia se extendió desde la plaza, como el dibujo circular de una onda cuando se lanza una piedra al centro de un estanque. Tiempo después supe que apenas sobrevivieron dos o tres de los hombres que habían visto llegar al jinete. Su corcel enloquecido trotó en solitario y alcanzó a mi padre cuando volvía a pie a casa, después de vender unas cuantas liebres y un lechón en el mercado del pueblo. El caballo negro se detuvo a su lado, como esperándolo. Mi padre pensó que era un espejismo, pero el animal no se movió y clavó en él, con la indiferencia de su un ser superior, sus ojos de azabache. Mi padre miró en dirección a la granja y pensó que aún le faltaban dos millas para llegar. Estaba agotado y nunca había visto de cerca, ni mucho menos había podido montar, un caballo tan grande y hermoso, tan oscuro.

Y así fue cómo la muerte se vino galopando a casa.

Mi madre reprimió un escalofrío, cuando vio a mi padre atar el caballo en la cerca. Yo salí corriendo a abrazarlo y él me besó en la frente e hizo tintinear el saco de monedas con la venta del día, como siempre que volvía del pueblo con alguna ganancia.

Cenamos juntos los tres a la luz de las velas que mi madre encendía con cuidado cada noche. Yo la miraba acercar la mecha a las estrechas velas blancas y me sorprendía siempre la expresión cauta de su rostro. Mi madre parecía temer que aquel no era un simple gesto cotidiano y no apartaba los ojos de la lumbre, como si entrañara un peligro secreto que solo ella conocía. Lo recuerdo todo con un detalle que me estremece. El silencio en el exterior, que rompía a veces el resoplar aislado del caballo negro que mi padre se resistía a devolver al pueblo al día siguiente, como le pedía mi madre. Yo permanecía atenta al duelo que mantenían los dos. Miraba la bella y fatigada cara de mi madre, las cejas de color miel acariciadas por los dedos de luz amarilla de las velas; miraba también la expresión de enfado en los ojos de mi padre, el ceño agigantado por las sombras que proyectaban caprichosamente las llamas. Masticaba en silencio, pero una barba de oscuridad se había apoderado de la mitad inferior de su cara. Se había enamorado de aquel regalo que le había hecho el destino.

Mi madre recogió las sobras para dárselas a la cerda y me mandó a dormir. Mi padre volvió a besarme en la frente. Noté la temperatura de sus labios, más finos y oscuros que de costumbre. Nos acostamos como todas las noches y nadie nos avisó de que era distinta.

Desde el interior del sueño, oí un grito. Me asomé a la ventana.

El caballo estaba tendido en el suelo, muy quieto. Mi madre se arrebujaba en su chal de lana, mientras mi padre se arrodillaba lentamente junto al enorme cadáver negro y movía la cabeza, incrédulo.

«Lo ves. Ese animal ha traído la mala suerte a esta casa. Te lo dije y no quisiste escucharme.»

Juntaron leña y prendieron fuego al enorme cuerpo del caballo en el mismo lugar donde se había derrumbado porque pesaba demasiado y entre los tres no podíamos arrastrarlo lejos de la casa. A mi madre le daba miedo que alguien nos viera y corriera la voz de que un animal tan caro había muerto a las pocas horas de que mi padre lo hubiera dejado atado a una de las estacas del patio. Una espiral de humo negro como el lomo del alazán flotó en el aire durante horas. Aquel cadáver se resistía a desaparecer y cada rincón de nuestra casa se llenó de un olor fétido, a carne y pelo quemado, que me daba arcadas. Me horrorizaba el recuerdo insistente del ojo abierto del animal, que había visto de refilón al acercar las ramas secas y la lentitud con la que ardía, como una imponente estatua de hierro que se negara a ser cenizas. El fuego luchó horas enteras para vencer su resistencia. A mediodía el cielo azul parecía de plomo y yo decidí que no iba a probar bocado. Mi padre tosía con fuerza y lo vi vomitar apoyado en la cerca. Mi madre se acercaba, tapándose la boca con el delantal. Me acosté y me cubrí la cara con las sábanas para huir de aquel olor.

Debí de dormir toda la tarde porque ya no entraba luz por la ventana cuando abrí los ojos. Levanté la cabeza, esperando escuchar algún sonido del exterior. No oí el crepitar de las llamas, ya no estaba ahí aquel ruido de las lenguas del fuego, lamiendo la carne y los huesos del caballo extranjero. No oí tampoco las voces de mis padres a lo lejos. Sentí una soledad inédita, una calma anormal que me inquietó. Mi madre solía cacharrear en la cocina, cuidaba a los animales del corral o cantaba mientras remendaba nuestras ropas. Mi madre sonaba todo el tiempo porque nunca estaba quieta, pero ahora no oía sus pasos leves, ni el siseo afectuoso con el que hablaba a sus gallinas. En su lugar había un silencio denso que me hizo incorporarme del todo y correr al dormitorio de mis padres, presa de un pánico que mucho más tarde pude explicarme como la primera toma de conciencia de mi orfandad.

Parecían dormidos, pero no lo estaban. Yacían vestidos de espaldas a la puerta, uno al lado del otro en su alcoba, la que llevaban compartiendo desde la misma noche de su boda. No se movían, igual que no se movía la humilde cama de hierro forjado que fue parte de la dote de mi abuelo materno. Me acerqué y vi que no dormían, porque tenían sus ojos firmemente abiertos clavados en la ventana. La humareda negra, fijada en el cielo como un fósil del incendio, eso miraban mis padres muertos.

Besé sus labios helados, oscuros como una moradura. Cerré la puerta y volví a mi dormitorio, como si hubiera ido hasta allí a darles las buenas noches. No me asusté, porque para sentir miedo tendría que haber sido capaz de pensar en el peligro y todo lo llenaba la imagen de mis padres inmóviles y sus labios grotescamente maquillados por la muerte. Creo que simplemente me rendí. Pasé los días que siguieron esperando a que alguien viniera a por mí, no sabía quién ni por qué, si la granja quedaba tan lejos del pueblo y éramos siempre nosotros los que debíamos desplazarnos si necesitábamos comprar algo o vender huevos o algún cerdito. Esperé a que viniera aquella niña que a veces era amiga mía y otras no, pero no se acercó nadie. Ella seguramente murió también, pero entonces pensaba que aquella maldición era privada. No podía relacionar la llegada y la muerte repentinas del caballo con lo que les había pasado a mis padres si no era a través de un maleficio, de una fuerza sobrenatural que tiznaba la boca de los elegidos. Pensé que yo sería la próxima, pero no pasó nada. El viento golpeaba una puerta que había quedado abierta en el piso de abajo. Imité el chirrido quejumbroso, el ulular del aire helado que traía y llevaba la hoja de madera sin terminar de cerrarla. El tiempo dejó de importar. Llegaba el día, que se deslizaba fatigado hacia la noche. Nadie llegó, solo el zumbido de las moscas, enjambres de moscas en la habitación del fondo, reinas del cuarto de mis padres, ellas y el espantoso olor, puede que a los dos o tres días. No acudían a mi rescate, éramos invisibles y estábamos malditos.

Por eso, al final, el tercer o cuarto día, decidí morirme por segunda vez. Temblaba de hambre y frío. Me acosté y enroscada como una criatura no nacida contuve el aliento. Esperé a que los párpados pesaran, esperé a que me venciera el sueño y la muerte. El corazón fue quedándose atrás, golpeando con dedos cada vez más débiles, como quien sabe que nadie, al otro lado, le abrirá la puerta.

«No estás muerta. Abre los ojos, tenemos que irnos.»

Oí una voz opaca y noté el perfume a tomillo y otras hierbas silvestres desconocidas muy cerca de mi oreja, en el cabello húmedo de mi nuca. «No quiero estar viva», susurré.

«Pero lo estás. Abre los ojos, o tendremos que dejarte aquí.»

Era una voz de hombre que llegaba amortiguada, como si la hubieran encerrado en un cofre. No admitía réplica. Obedecí a duras penas. Junto a mi cama, un enorme pájaro me miraba, severo, envuelto en un largo abrigo negro y tocado con un sombrero de ala ancha que se fundía con la máscara picuda de su rostro. Sostenía en la mano una vara coronada con un diminuto reloj de arena con la que apartó la sábana que me cubría, instándome a cumplir su orden. Se inclinó sobre el lecho, y con una de sus manos enguantadas me hizo levantar la barbilla. Se acercó más aún y giró la cabeza a un lado, como hacen ciertas aves desconfiadas para mirar mejor. No podía ver la expresión de sus ojos detrás de los gruesos cristales de ese antifaz siniestro, pero sabía que el desconocido miraba mis labios. A su espalda asomó otro hombre pájaro que murmuró algo sobre la habitación del fondo. El primero le respondió en el mismo tono oscuro. Cada vez que uno de los hombres cuervos hablaba sentía el aroma perfumado de sus picos. Un olor a campo, del tiempo en que mi madre y yo salíamos a buscar melisa o romero. Ella me enseñaba a hacer ramilletes que poníamos a secar en las ventanas.

«Estás viva y vendrás con nosotros. La peste se los ha llevado a casi todos en tu pueblo. Tienes mucha suerte de que el señor te haya protegido. Si aguantas el camino, te pondremos a salvo en Santa Vela, por la gracia de Dios. Él cuidará de ti mejor que nosotros.»

La tercera vez que me morí sabía que solo estaría muerta un rato.

La pequeña

Les dijeron que la pequeña estaba maldita. Dos viejas secas que caminaban muy juntas como formando una cifra, igual de encorvadas, cuando se cruzaron con ellas. Venían de recoger moras para hacer el pastel con el que celebrarían el primer año de la niña. La mayor cargaba el canasto y siguió caminando y parecía que nunca se hubiera tropezado con aquellas dos brujas. La mediana llegó a pensar durante unos segundos que tal vez había oído aquellas terribles palabras en su imaginación, pero unos pasos más adelante su hermana apretó el paso, como si de pronto fuera muy urgente apurar el trecho que les faltaba, cruzar la puerta de madera verde, echar la tranca.

«Escondedla en casa, guardadla en el sótano. Que no la veamos o los hombres irán a tomar la justicia por su mano. Esa pequeña es del diablo.»

Para asombro de la mediana, la mayor les había hecho caso. Las había creído del todo, como se cree en el agua puntiaguda cuando se mira un cielo gris de tormenta. La mediana la vio atrancar la puerta con una mano, sin soltar la cesta de la pequeña, que seguía siendo tan pequeña. Subió la escalera con ella y la mediana la siguió. Abrió la puerta del cuarto de Madre, se dirigió al armario vacío, se santiguó dos veces y colocó el canasto con la niña en su interior. La pequeña era muy buena. Nunca lloraba, como si supiera que era un secreto y que los secretos no se cuentan a sí mismos. No lloraba ni cuando la metían bajo la cama, o la encerraban en el sótano. La mayor estaba siempre pendiente por si subían del pueblo y corría escalera abajo con la pequeña, muda como una muñeca en su cesto de mimbre. La mediana se asomaba, parapetándose tras la cortina, y los miraba venir por el sendero. Espiaba de reojo las manos grandes y crueles, acostumbradas al frío y a la sangre, de aquellos hombres. Temblaba junto a la ventana pero era incapaz de moverse, de agacharse un poco. Los sentía tan cerca que creía ver las grietas oscuras de sus ojos, ojos como heridas mal cerradas, cuando los hombres del pueblo se adentraban en el bosque, con las hachas cargadas a la espalda, hambrientas.

La pequeña escondida siempre, a partir de entonces. Hasta aquel día en que las viejas las increparon, la mayor y la mediana no habían querido saber. A la niña le faltaba la leche de la madre. Era por eso. La pequeña era muy pequeña pero se reía como todos los niños pequeños. No hablaba. Las contemplaba fijamente, sin entenderlas, sin saber aún quiénes eran ellas dos, pero con una felicidad tan sincera en sus pupilas de cachorro que la mayor y la mediana cabeceaban para alejar sus sospechas, se calmaban al mirar los ojos redondos, interrogantes, de la niña.

Pero no crece. No llora.

Ellas tenían razón. Y la pequeña iba de un lado a otro, dentro de la misma cesta diminuta del día en que nació, aunque ya pasaba del año. Y se estaba quieta, ni un grito, en la cunita que la mayor dejaba en el pajar, en el establo, cambiándola siempre de sitio por si venían, para que no la encontraran.

Aquella mañana, sentada junto a la mesa de la cocina, la mediana decidió ser la encargada de elegir las moras más bonitas de la cesta mientras la mayor preparaba la masa. El problema es que muchas de las cosas del mundo que las rodeaba le daban conversación a la mediana. Las moras, por ejemplo, le hablaban. Ella solo tenía que mirarlas fijamente para entender cuáles querían estar en el pastel y cuáles preferían ser devoradas por ella en ese mismo instante. Cada vez que la mayor se daba la vuelta, la mediana se llevaba una mora a la boca y cerraba los ojos al saborear su zumo sangriento, increíblemente dulce. Comió tantas que al cabo de un rato le pesaban los párpados y hasta dio una cabezada. Cuando despertó vio que la mayor seguía trasteando de un lado a otro de la cocina, sudorosa. Con la cara y los brazos tiznados de harina, como un hermoso fantasma, se retiraba un mechón del rostro, se mordía el labio intentando encontrar en su memoria la imagen de Madre para que la guiara a cada paso. Después de probar cien veces la mezcla del jarabe de fruta, huevos y azúcar en busca del sabor exacto, dulce dulce hasta el final, y un poco oscuro, logró hornear el famoso pastel oval de moras rojas y negras, o al menos uno que se le parecía bastante. La mayor, satisfecha, ordenó a la mediana que subiera a por la niña y la mediana bajó con ella en brazos. Entre las dos la sentaron en la trona, mientras le cantaban a dos voces una canción de cumpleaños inventada para la ocasión. La mediana le colocó el babero a la pequeña y la mayor cortó una ración minúscula y hundió en ella la cuchara. Y entonces, cuando acercaba a los labios de la niña la primera porción, se dio cuenta. La pequeña no tenía dientes, ni uno solo, con los que poder masticar la tarta de celebración su primer año de vida. Miró desolada las dos encías desnudas y la boca de polluelo torpe. Acabó de creer a las dos viejas y, de algún modo, empezó, justo entonces, a despedirse de la pequeña.

Coro y Mida

Llegaron el mismo día a la puerta del convento y eso las convirtió en hermanas. No se parecían en nada, pero eran exactamente iguales.

Tres monjas las condujeron sin miramientos al Limbo. Las arrastraron escalera abajo a dos estancias grandes y frías, dos de aquellas habitaciones inútiles que la viuda Corven construyó para huir de un lado a otro de su propia casa. Allí era donde las internas dejaban de ser la hija de alguien, una niña a la que alguien había elegido llamar de alguna forma. Allí las abandonaban todos sus recuerdos, se las convertía en otras.

Coro entró por la mañana, resistiéndose con todas sus fuerzas por puro miedo. Aullaba aún, llamando a su padre y volviendo la cabeza sin acabar de creerse que la hubiera dejado sola. La levantaron en volandas, tiraron de ella, la agarraron por el pelo, sin miramientos. Mordió la mano de una de sus captoras. La monja número 26 la golpeó en la cara y ella sintió por primera vez el sabor de la sangre en los labios, en la nariz, manando por dentro como una fuente amarga. Al Limbo al que la condujeron se entraba por una hermosa puerta de madera maciza en forma de arco, muy oscura, adornada con una manija de oro en forma de abanico bordado. La hermana que iba delante hizo sonar un racimo de llaves que colgaba de una larga cadena atada a su cintura, como delgadas señoritas muertas. Encajó una en la cerradura y la puerta gimió, igual una fiera a la que se obligara a despertar tras un largo sueño.

Allá dentro estaba oscuro. Coro respiró la negrura húmeda acumulada en el interior de la sala. Gritó y pataleó, no quería estar allí, encerrada con ese silencio negro al que oía respirar lentamente.

La hermana número 35, que se encargaba de las llaves, se retiró a un lado. Las otras dos monjas que la sujetaban la alzaron de los brazos como si fuera una pluma y la empujaron al interior. Había tres escalones inesperados, pero Coro solo lo supo cuando su pierna mala se dobló ridículamente al no encontrar suelo bajo sus pies y acabó cayendo de bruces sobre las losas heladas. Todavía le dio tiempo de levantar la cabeza y ver cómo las tres hermanas desaparecían al otro lado de la hoja de madera maciza, que se cerró con otro quejido sordo. Coro volvió a llamar a su padre y su padre no vino. Sintió que no estaba sola allí adentro y cerró los ojos, para que lo oscuro estuviera aún más oscuro. Gritó otra vez, sentada en el suelo de tumba, con la pierna dolorida, apretando los ojos. No se atrevía a moverse en ese cuarto horrible en el que sentía que un animal enfermo y maligno respiraba cerca de ella. Pero su padre no vino y Coro lloró, sintió hambre y frío, se durmió y lloró en sueños y sintió la misma hambre y el mismo frío en su pesadilla y oyó y de nuevo el respirar fatigado del monstruo al que no podía ver, tendido en una esquina. Respiró, despierta y dormida, su olor a cadáver empapado. Coro abrió los ojos y todo seguía oscuro. Pensó que ya no tenía cuerpo porque no notaba el aullido de su estómago, ni siquiera le dolía la pierna, ya no lloraba llamando a su padre. La habitación no olía a nada y el monstruo no respiraba, quizá había muerto mientras ella dormía. Cerró los ojos y quiso seguir durmiendo.

La puerta se abrió entonces, como cumpliendo una orden. Una luz hiriente iluminó el bulto encogido junto a los escalones. Las tres monjas miraron al pequeño monstruo húmedo y vencido, que aún respiraba. La hermana encargada 35 entró a buscar a Coro y la zarandeó, con un mohín de asco.

«Apestas.»

Coro temblaba al salir. Le dolían los ojos, acostumbrados ya a la oscuridad. Al subir la escalera las dos monjas volvieron a sujetarla por los brazos, pero ya no era necesario. Cojeó mansamente, mareada por el dulce olor a incienso que se respiraba en el aire y recibió en la piel del rostro, como un latigazo blanco, la luz cálida del día después de su llegada a Santa Vela.

Arriba, en la Sala de Recién Llegadas, le quitaron el nombre y le cortaron el pelo rubio que nadie había peinado desde la muerte de su madre. Se lo cortaron tanto que parecía un ángel despeinado, el ángel desnudo de un cuadro. La metieron en un barreño de agua helada y la restregaron con un estropajo.

«Vístete», dijo la monja de las llaves, arrojándole un uniforme gris oscuro de una tela dura, como el agua del barreño, que le dolió sentir sobre la piel en carne viva. «Te llamarás Esperanza.»

Se conformó sin protestar más y olvidó quién había sido. De su otra vida no quedó ningún rastro que no fuera la pierna mala.

Desde muy pequeña la arrastraba al caminar y oía en su interior, como un eco subterráneo, el ruido hostil de la cadera que crujía a cada paso. No conseguía recordar si alguna vez andar no había sido para ella una tortura insoportable. Sentía que le había tocado cargar con la pierna esmirriada y triste de otra niña, una pierna condenada, reseca, una rama quebrada por un rayo y expuesta al sol. Tener que seguir a Coro a todas partes parecía contrariar terriblemente a la pierna raquítica que no acabó de crecer, que latía igual que un corazón enfermo cuando cambiaba el tiempo.

Algunos días Coro había llegado a pensar que si era amable con la pierna ella dejaría de odiarla tanto. Le hablaba bajito o acariciaba el hueso combado, como si se tratara de un animal caprichoso al que hay que tolerar su carácter arisco. Casi le daba pena su pierna mala, tan flaquita y fea, tan diferente a la otra pantorrilla de niña normal tierna y rosada. Coro le cantaba intentando aplacarla, pero en cuanto se ponía en pie y volvía a caminar la pierna correspondía con un zarpazo rabioso que le recordaba su poder sobre ella, el don de provocarle un dolor preciso que surgía de pronto y le atravesaba el rostro, iluminándolo sombríamente, como un relámpago.

Otras veces intentaba olvidarse de que estaba allí. Sonreía clavándose el aguijón de cada paso, con los ojos brillantes, por si la pierna podía llegar a saber que la desafiaba, que conseguía mantener la expresión de alguien que no arrastra un infierno consigo al atravesar el patio cargada con una pila de sábanas limpias.

También sabía que la pierna dolía un poco menos cuando miraba el ojo azul de Mida, tan distinto del ojo negro como su pierna izquierda de la derecha. Mirar a Mida aunque fuera al otro lado de uno de los lavaderos.

Coro llegó a la triple puerta de Santa Vela en brazos de su padre. Él no sabía qué hacer con una niña lisiada de cinco años tras la muerte de su esposa. A mediodía, padre e hija salieron del cementerio y emprendieron a pie el viaje hacia el convento. La niña dormía, con su matorral de rizos rubios empapados en sudor, enredada en una pesadilla densa, el sueño dolorido de quien ha sido vencido por el cansancio y la pena. Al atardecer el hombre se detuvo delante de la puerta de la izquierda, la puerta pequeña de las Invisibles, tal y como le dijeron en el pueblo. Contempló el dulce cielo anaranjado, pensando con amargura que no parecía un cielo de despedida. Tocó dos veces la aldaba en forma de mano de mujer. La niña no despegó los párpados, pero comenzó a revolverse contra su pecho como un animalito, adivinando. El padre cerró los ojos para reunirse con ella allá donde estuviera, para mirarla por última vez como deseaba recordarla, como al bebé rubio y prodigiosamente blanco que aún no conocía el dolor de la pierna inútil ni el de la muerte de su madre. No quiso ver cómo la monja que aparecía en el umbral de la puerta se la arrancaba de los brazos, casi sin mediar palabra. La puerta volvió a cerrarse y él prosiguió su viaje, sin derramar una lágrima más. Ya había llorado bastante la muerte de su familia durante el largo proceso de agonía de su mujer. Lloró sin dejar de pedirle perdón por un final tan miserable cuando tuvo que arrojar su cuerpo consumido por la enfermedad al interior de una fosa común, vestido con el apolillado traje de novia, que era lo único de algún valor que aún poseían, y envuelto en un lienzo sucio. El llanto era ya, como todas las otras cosas, un bien del pasado perdido para siempre. Se alejó, apretando el paso, tapándose los oídos, pero oyó, o creyó que oía, las súplicas de su hija. Seguía oyéndolas a muchas millas de distancia. No se habían disipado y flotaban en el aire como una brisa perversa cuando se tumbó al pie de un árbol a pasar la noche. Se consoló pensando que al menos Coro comería una vez todos los días, y eso era mucho más de lo que él podía ofrecerle. Pasaron las semanas y su pequeña aún gritaba a lo lejos. Encontró un trabajo miserable como peón en una granja. Apenas tenía derecho a un plato de comida al volver de la agotadora jornada en el campo y a un catre en una esquina del granero, cuando caía la noche. Oía el silencio caer como una pesada manta negra, veía apagarse todas las luces de quinqué en las ventanas de la casa grande y él permanecía despierto, intentado no oír lo que oía allá, a lo lejos, a varios meses de distancia, tan lejos que a ratos le parecía mentira que una vez hubiera tenido una hija tan pequeña, una mujer tan hermosa, una vida tan buena y sencilla.

A Mida fueron a buscarla.

Llegó de noche al convento, profundamente dormida. No hizo falta atarla cuando la subieron a la parte trasera del carro porque se desplomó en los brazos de la monja vestida de negro de la cabeza a los pies que la atrajo hacia ella mientras una multitud enfurecida arrastraba a su madre hacia la hoguera. Nadie se preguntó qué hacía allí una de las hermanas de Santa Vela, quién las había avisado de que la niña que correteaba desnuda por el bosque se quedaba sola. La monja cargó como si fuera una pluma el cuerpo menudo de la niña, cubierto de una constelación de pecas tostadas por el sol. Dormía tan profundamente como si la hubieran hechizado y no tuvo tiempo de ver cómo la turba de hombres y mujeres chillaba alrededor de la pira, alrededor del verdugo que obligaba a su madre a cubrir su cuerpo, tan pecoso y bronceado como el de su hija, oculto bajo un saco marrón.

Mida heredó de ella su pelo rojo y ensortijado y tenía un ojo azul y otro negro, ese signo que permitía saber, según las viejas, quiénes eran hijas del demonio. Las dos habían vivido tranquilas hasta la gran helada. Se perdieron todas las cosechas y los del pueblo miraron sus campos petrificados y por primera vez no los entendieron. No había explicación para el hielo misterioso que se posó sobre las plantas y los frutos, tiñéndolos de negro y plata, convirtiéndolos en hierros oxidados, inútiles. Los niños gemían, las mujeres se quedaban sin leche, los hombres orgullosos no sabían salvar sus posesiones. Enfermaban animales y bebés por culpa de la debilidad que acarreó aquella helada intempestiva de primavera y entonces ellos pensaron, porque el hambre y el frío de ver morir a la vaca mejor, al primer hijo, dejaba mucho tiempo para pensar en algo que no fueran la leche y la carne perdida, la sangre dulce que se pudría bajo la tierra.

Pensaron. Miraron hacia el bosque. Las vieron, con el pelo rojo del infierno y desnudas, riendo entre los árboles. No se les notaban los huesos y se reían, se reían mucho, seguramente las divertía la desgracia de todo un pueblo porque a ellas les daba de comer el mismo diablo.

Antes de eso, en la cabaña perdida del bosque también había vivido la madre de Mida con Abuela, que no le dijo nunca quién era su padre. En realidad no sabía lo que era un padre. Solo estaban ella y Abuela, la cabaña vuelta de espaldas al resto de los hombres, en la que entraban siempre que querían insectos, pájaros y ratones. La madre de Mida y Abuela llenaban cubos de agua en el río, recogían flores y piedras bonitas que colocaban en el alféizar. Apenas hablaban, no necesitaban hacerlo. Las dos sabían mirar una de las piedras de la ventana y hacer que cayera al suelo. Adivinaban si aquel día se colaría un búho atolondrado por la puerta que habían dejado abierta y se sentaban a esperarlo para darle la bienvenida. Se entretenían caminando con los ojos cerrados por la cabaña sin tropezar nunca entre sí. Eran felices y podrían haber vivido allí para siempre. Pero una noche, mientras cenaban, Abuela reprimió un escalofrío y miró la zona de la habitación en la que aquella ráfaga de aire helado que le había acariciado la nuca se había quedado flotando después, agazapada. Contempló un rato el fondo de su plato, pensativa. Su voz rompió el silencio. «Voy a morirme, pero no te asustes.» La madre de Mida, un poco sorprendida al oír por primera vez aquella voz desconocida, asintió y se llevó a los labios otra cucharada de la deliciosa sopa verde de Abuela. Estaba caliente y muy rica. Abuela le dio un beso y las dos se acostaron en su rincón de la cabaña.

Durmieron. Abuela no le había dicho la verdad. No despertó a la mañana siguiente.

La madre de Mida (cómo se llamaba, le preguntó una vez Coro, no lo sé, solo Madre contestó ella encogiendo los hombros) cubrió el cuerpo con una sábana por si los muertos tenían la misma clase de frío que sintió ella al darse cuenta de lo silencioso y quieto que se había quedado todo. Los dos únicos cuencos de barro en la alacena, las dos sillas que solían ocupar y que en cierta forma se les parecían como ocurre siempre con los muebles que se acostumbran a un cuerpo. Los zuecos de madera de la madre, muy juntos al lado de la puerta, esperándola. Decidió justo entonces que se los pondría para que sus pasos no se detuvieran por culpa de la muerte. Aún le iban un poco grandes, pero ya no se los quitó. Cogió la pala que Abuela utilizaba para enterrar a los gatos que a veces aparecían muertos en los alrededores de la casa. Una vez habían encontrado en el sendero a un pequeño zorro rojo, desangrado por culpa de un disparo y con los ojos obstinadamente abiertos, mirando aún al frente. La madre se los cerró y de pronto el zorrito dejó de estar muerto y pareció dormido. Abuela daba sepultura a los animales que dejaban de vivir cerca de ella y la madre de Mida supo que tenía que hacer lo mismo. No lloró porque nadie le había hablado mal de la muerte. Cavó un enorme agujero mientras pensaba en el cuerpo que debía albergar el bulto amado que se había tendido junto a ella tantas noches, para que la cama de tierra tuviera las dimensiones exactas.

Le costó mucho arrastrar el cadáver hasta el foso. Pesaba como si lo hubieran llenado de agua, como un enorme abrigo empapado. Lo empujó con todas sus fuerzas al interior del nicho y luego lanzó sus pequeños zuecos de niña, para que su madre también se llevara algo suyo allá abajo.

Hablaba a menudo con ella, ahora que ya no estaba. Se sentaba junto al montón de tierra fresca y escuchaba lo que Abuela iba contándole. Por eso aprendió a hacer la sopa verde, a distinguir los hongos comestibles de los venenosos. «No nos lleves a nosotras, querida, o te mataremos», le musitaban las preciosas setas rojas como amapolas. Ella les dabas las gracias y seguía su camino. Recogía plantas que ponía a secar colgando de las paredes con delgados hilos de cáñamo. También las plantas le hablaban, contándole qué hojas endulzarían el agua que bebía, cuáles debía aplicar sobre la herida que se había hecho al trepar a un árbol en busca de frutas. Ella escuchaba atentamente. Creció sola en la casa que algunos días se llenaba de escarabajos rojos y otros de ratones grises, y cuando su vestido de niña se le cayó del cuerpo como si mudara de piel, se acostumbró a estar desnuda, igual que todos aquellos animales que iban y venían sin que nadie se lo impidiera, sentada al sol, junto a la tumba sobre la que colocaba a veces una piedra rara, como si fuera un regalo. Pero un día la voz de su madre brotó de la tierra para avisarle con un susurro de que pronto llegaría a la cabaña un lobo. Su madre nunca mentía. Al atardecer el cielo se contrajo, como una madre primeriza. Se oyó el primer trueno a lo lejos y empezaron a temblar las ramas de los árboles. La muchacha pelirroja se refugió en el interior de la cabaña. Esperó. Oyó cómo una pata golpeaba con fuerza la puerta. Se acercó, cautelosa. Entonces el animal le pidió con un aullido lastimero que lo dejara entrar.

La madre de Mida se apiadó de aquel pobre animal empapado y lo dejó pasar y él miró su desnudez sin rastro de lujuria, como si él tampoco conociera las palabras vergüenza o vestido. Los ojos de fiera la miraban agradecidos mientras calentaba la sopa de hierbas y ella se dio cuenta justo entonces de lo hermosos que son los lobos. No hablaron. El lobo también parecía acostumbrado al silencio. Se acurrucaron en el único jergón de la cabaña, y pasaron horas mirando las llamas. Afuera el aguacero batía las ramas de los árboles y golpeaba el techo de madera. Ella tembló. El lobo acercó su hocico a la oreja de su anfitriona y lamió el lóbulo tierno. La muchacha cerró los ojos y deseó no vivir en soledad, por primera vez desde que había acostado a su madre en el lecho de tierra que ella misma había cavado junto a la casa.

Amaneció despejado. La madre de Mida se dio la vuelta en el estrecho catre y no encontró ni rastro del huésped. Se asomó al exterior y vio un traidor cielo azul, que desmentía lo poco que acertaba a recordar de aquella madrugada. «Ningún lobo pasó por aquí, lo inventaste», parecían recriminarle las copas inmóviles de los árboles que rodeaban la cabaña. Todo lo que la rodeaba parecía haber olvidado ya la tormenta.

Así supo que los lobos son animales solitarios que no se quedan demasiado tiempo ni siquiera con las muchachas pelirrojas que una vez les dieron cobijo y alimento.

Durmió mal muchas noches, pensando que el lobo volvería. A veces se colaba un murciélago perdido por la ventana y se daba golpes contra las paredes antes de encontrar la salida. La madre de Mida ya no lograba conciliar el sueño. Pensaba que el murciélago torpe era un aviso de algo, confundía el deseo con la casualidad. Se incorporaba a oscuras, si un ruido afuera la despertaba, se consolaba pensando que tal vez era él, que retornaba del lugar al que se dirigía la noche del aguacero. Le repugnaba hasta las náuseas comer la fruta de siempre, pero le crecía por dentro un hambre desconocida. Añoraba las tormentas. Aguardó sentada junto a la entrada de la cabaña, sin advertir en el aire el presagio de su vuelta. Quería el cielo nublado, las hojas verdes agitándose, el relámpago furioso de la primera vez y miraba con desesperación la quietud conspiradora en la que parecía haberse sumido el mundo en su ausencia. Cuando se daba por vencida se tumbaba en el jergón y adelantaba la noche. Acurrucada en el camastro seguía sin advertir siquiera que su vientre cada vez más abultado era la única señal precisa de que el lobo no se había marchado del todo.

Llovía. Su madre arañó la tierra húmeda que la cubría cuando la oyó gritar. El dolor partía en dos a su hija, tensándola por dentro, tirando de ella como si fuera un arco. La abuela de Mida salió de la muerte dejando tras de sí un reguero de gusanos sorprendidos y entró en la que había sido su casa, al oír el lamento desgarrador, la soledad de la niña pelirroja a la que había tenido que abandonar seis años antes. Estaba oscuro y de vez en cuando los relámpagos venían a iluminar el interior de la estancia. Las lanzadas que sentía en el vientre duraban ya varias horas y la joven parturienta se desmayaba y recuperaba la conciencia a cada rato, soñaba que veía un esqueleto de huesos blanquísimos ir y venir, acercarse al lecho, colocarle en la frente un paño húmedo, acariciarle el rostro con sus dedos puntiagudos, mirarla amorosamente con los ojos huecos. Reconocía los harapos que olían a barro y los pasos cortos y rápidos, el trasiego de las rutinas cotidianas de antaño. La mujer esqueleto cogía uno de los cubos llenos de agua que ella misma había cargado aquella tarde desde el río, cuando el cielo aún estaba despejado y no habían empezado los dolores. Encendía el fuego, apartaba la manta que cubría su cuerpo desnudo y le separaba las piernas con un gesto firme.

Luego cayó otra vez en un sueño inquieto y blanco, vacío de imágenes. No había nada allí, nada que no fuera el zarpazo y la certeza abriéndose paso. El lobo, acercándose a la casa, en otra noche de tormenta. Pidiendo que lo dejara salir, esta vez.

Por la mañana todo había pasado. El dolor ya no estaba, pero en su lugar reconoció dos olores nuevos, aún antes de abrir los ojos. Había en el aire un hedor dulzón y espeso, el de la sangre que había perdido. Justo a su lado un aroma blando y tranquilizador. Notaba el peso pequeño e inmóvil, pero intensamente vivo de aquello que aún no se atrevía a mirar. Dejó que sus párpados se despegaran poco a poco. Los rayos de sol acariciaban la pared y el piso se llenaba de charcos de luz. Entonces el olor pequeño se movió y agigantó, venciendo al de la sangre. Y miró a Mida y la llamó Mida porque la palabra le subió a los labios cuando vio que la niña la estaba esperando con sus pupilas azules clavadas en ella. Y entendió que algunos amores, igual que algunos nombres saltan del alma a la mente sin que nada pueda detenerlos ni tampoco explicarlos.

La madre de Mida ya no se separó nunca de aquel olor que era su hija. Salió con la niña colgada del pecho a visitar la tumba de su madre, y le agradeció su ayuda al montón de tierra removida, que alisó con el pie descalzo antes de sentarse sobre ella para pedirle consejo. La voz surgió del fondo y le recomendó que no se acercara nunca al pueblo, que no dejaran que allí conocieran la existencia del bebé.

Mida seguía durmiendo cuando las monjas la llevaron al Limbo. No despertó ni aun cuando la abofetearon varias veces, no abrió los ojos ni se quejó cuando la dejaron sobre las losas frías de la habitación del sótano, situada justo enfrente de aquella en la que Coro temblaba de pavor todavía. Una niña lloraba, indefensa. La otra roncaba, auspiciada por el amor más allá de la muerte que le había profesado su madre, al otro lado de las imponentes puertas gemelas que parecían contemplarse con la curiosidad rencorosa de dos damas que coinciden en un baile llevando el mismo vestido.

Llegaron el mismo día a la puerta del convento y eso las convirtió en hermanas. No se parecían en nada, pero eran exactamente iguales.

Las dos entraron por la puerta pequeña de la izquierda, la de las Invisibles. Las dos eran hijas de una muerta y a las dos las esperaban unas tijeras. Porque, aunque una traía consigo la pierna de una pequeña momia y la otra venía de un linaje de hechiceras, las dos tenían el pelo más bonito que el hacedor de muñecas podía recordar. Silbó cuando abrió el saco que las monjas le llevaban cada mes y tocó el pelo rubio, de oveja amarilla, de Coro. Volvió a silbar, admirado, cuando abrió el segundo saco contempló a la luz del sol los rizos como monedas de cobre que le habían cortado a Mida. Las niñas se cansan de las muñecas rubias y de las morenas, y él no había visto nunca un rojo natural como aquel. Imposible de conseguir con un tinte. La cabellera relucía como el metal en sus manos, las largas crenchas brillaban con una luz oscura y misteriosa que se encendía y apagaba, como si alguien tratara de hacer señales desde el interior de una casa, llamando al viajero que se acerca.

Las dos, tan distintas como hermanas, ocuparon la silla vacía y el temblor de una niña anterior a ellas y recibieron los nombres de Esperanza y Obediencia. Tiritando desnudas, mientras las tijeras graznaban en lo alto de sus cabezas, en el cuarto frío de techos infinitos que las hermanas solían llamar la Sala de Recién Llegadas.

MADRES, PADRES, HERMANAS

La hermana Tilda

La desdichada viuda Corven no leyó un solo libro en los cuarenta años que pasó huyendo de los muertos por culpa del portentoso rifle automático que inventó su esposo, y acabó también con él. No tuvo tiempo de elegir uno de los diez mil volúmenes que engrosaron la biblioteca de la mansión porque se le iban los días y las noches en recorrer pasadizos y encerrarse con llave en magníficas alcobas inexpresivas, en acurrucarse en el rincón más oscuro de aquellos cuartos de altos techos y camas siempre en perfecto estado de revista en las que la reina de paso jamás se acostaba, por miedo a que los fantasmas la sorprendieran profundamente dormida. Larah Corven no tenía tiempo de sentarse a leer un libro y si entraba en la biblioteca era para pulsar el resorte camuflado en uno de los muebles de roble y acceder a la estancia contigua. Nunca reparó en el estante dedicado a novelas románticas inglesas que acumulaban doscientos años de polvo, ni curioseó los valiosos incunables de la altísima vitrina a la que se llegaba a través de una rizada escalera colocada en el lateral izquierdo. Larah entraba sin resuello y se concentraba en contar los tomos de la cuarta balda, tratando de no escuchar los latidos acelerados de su corazón mientras palpaba a ciegas, en busca del tercer volumen empezando por la derecha, un ejemplar verdoso como el ojo de un monstruo marino, sin intuir que ese libro guardaba en su interior la historia de una hermosa mujer perdida en un laberinto, tan entregada a la búsqueda de la salida que ni siquiera tenía tiempo de envejecer y, aunque pasaba el tiempo y los astros giraban sobre su cabeza, ella era siempre una joven corriendo hacia el siguiente recodo del camino en forma de caracola que parecía haberla atrapado para siempre.

Larah Corven esperaba sin dejar de mirar a su espalda hasta que se abría la portezuela que la conducía al dormitorio contiguo. Los libros la veían pasar de largo, adentrarse en la habitación de paredes color frambuesa donde tampoco encontraría la paz necesaria para caer rendida y dormirse del tirón hasta el día siguiente. Los años transcurrían así en la nueva mansión Corven, y los criados se habían acostumbrado ya a los gritos angustiosos de la viuda surcando la oscuridad cuando le parecía que uno de los soldados asesinados con el rifle familiar se tumbaba silenciosamente junto a ella en la cama elegida esa noche. Nadie se sobresaltaba ya cuando la infortunada esposa desencadenaba al huir una catástrofe de cristales rotos y muebles caídos.

En su lecho de muerte Larah firmó al pie de un pliego amarillento con una caligrafía nerviosa, que también parecía una muchacha de melena desquiciada huyendo de un peligro incierto. Vencida por un cansancio infinito volvió a recostarse en la almohada, convencida de que estaba haciendo lo mejor. La casa solo se salvaría de su desgracia convirtiéndose en un enorme orfanato gestionado por las hermanas que hasta entonces se hacinaban con media docena de crías desnutridas en un diminuto refugio de madera cercano a la mansión que ya había ardido tres veces a lo largo de los últimos cincuenta años. Había oído hablar del fuego, de las cabelleras chamuscadas de las niñas y la voluntad inquebrantable de las monjas que salvaron a las que pudieron de entre las llamas. Una piedad intensa se apoderó de ella en los últimos días de su vida, al recordar que esas criaturas también huyeron de un enemigo implacable y no encontraron donde esconderse de él. Cerró los ojos y el ama de llaves le retiró la pluma blanca de ave de entre los dedos. De pie junto a la puerta del dormitorio varios de aquellos guerreros destrozados por las balas en varias batallas la miraron abandonarse al sueño. Luego se santiguaron solemnes y emprendieron su agotador regreso a ninguna parte.

Las monjas del orfanato eran tan pobres que ni siquiera tenían santa patrona. Tampoco la imaginación suficiente como para sospechar las dimensiones del edificio que les había sido concedido merced a tantas plegarias. Por eso se quedaron muy quietas ante la puerta principal, preguntándose, perplejas, qué iban a hacer con un milagro tan grande y descabellado como ese. Tras una larga deliberación decidieron ir ocupando poco a poco las estancias de la planta baja del edificio original, quizá porque era la única que conservaban una aparente cordura.

Pero la casa las amedrentó desde el primer momento. En la mayoría de aquellas hermanas de los pobres se ocultaba una chiquilla tímida y feúcha que había huido del mundo por puro terror. Temían por igual a Dios y al diablo, también a sus propios padres, temblaban incluso al recordar ciertas tormentas o un sueño de la noche anterior. Las aterraba aquella casa llena de puertas y chimeneas y se esforzaron en idear un sistema para no perderse al recorrerla. Un interminable hilo rojo conectaba las manillas de oro antiguo de las puertas y siguiendo su pista se movían de un lado a otro de la mansión, intentando no fijar la mirada en el difunto y apuesto Der Corven, que las veía avanzar por el pasillo desde un retrato ovalado. Las hermanas eran aún jóvenes y compasivas. Rezaban por el alma de su benefactora mientras recorrían los pasillos de la planta inferior y después de un desayuno frugal salían a diario a buscar por los caminos más niñas abandonadas. Si llegaban tarde y las chiquillas estaban muertas, las envolvían en una sabanita blanca, cavaban por turnos la diminuta zanjaba y rezaban por ellas. Si estaban vivas, daban las gracias a Dios y las llevaban en brazos al hospicio. Eran almas del cielo, inclinadas al Bien casi por instinto. Apenas se acordaban de las horas de la comida y pasaban en vela las noches, atendiendo a las huérfanas enfermas. Vestían un modesto hábito gris y pensaron agradecidas que Dios había acudido en su ayuda al entregarles una herencia tan valiosa.

Tilda tenía quince años cuando ingresó en la orden. Sentía una inevitable pasión por las cosas bellas del mundo y supo desde muy temprano que siendo la mayor de diez hijos iba a tener muy pocas oportunidades de disfrutarlas. No le molestaba entregarse a Dios, igual que su madre se había entregado a un hombre cualquiera para salir de la casa familiar en la que sus nueve hermanos dormían hacinados en un único cuartucho. Pero sin saberlo ella había caído así en su propia trampa. Antes de los treinta dio a luz, a la oscuridad, se decía amargamente a demasiadas criaturas. Fue en el parto del décimo hijo, el tan ansiado primer varón de la casa, cuando se desangró. Tampoco el niño sobrevivió. Una mancha en forma de amapola de la sábana olía a llave antigua la mañana del entierro. La madre y el bebé fueron a parar sin muchos miramientos al fondo de la tierra, abrazados en el interior de la misma caja de pino sin lijar. Mientras veía descender torpemente el ataúd, Tilda pensó que al menos ella no correría la misma suerte. Dios no embarazaba a sus siervas.

Fue una novicia ejemplar. Trabajaba todo el día sin quejarse, pero nadie que la viera podía imaginar que pocas veces se concentraba realmente en la tarea que estuviera realizando. Limpiaba con la mente puesta en otra cosa. Le fascinaban la hermosura y el conocimiento. Los paisajes boscosos, de un radiante verde, naturalmente armónicos, que recorrían cuando salían en busca de las pequeñas huérfanas; la gracia con la que algunos pájaros eran capaces de extender las alas al volar, como si se tratara de una prolongación de sus almas. Tilda pretendía absorberlo todo, aprenderlo todo. Miraba alrededor pensando, con cierto desaliento, que no era bastante con poner sus ojos en el mundo. Necesitaba conocerlo por dentro, desentrañar la maquinaria del gigantesco autómata. Era buena, era obediente, y evitaba mirar su propio cuerpo al desnudarse, tal y como le habían ordenado que debía hacer al ser aceptada en la congregación, pero no podía dejar de pensar en el latido del corazón, que tanto la intrigaba con su cambio de ritmo y el eco en forma de martilleo que a veces sentía junto a las sienes. La intrigaba el galope rítmico de su propia sangre cuando algo muy bueno o algo muy malo estaba a punto de ocurrirle. Cerraba los ojos para imaginar las dos enormes flores rosadas que sin duda debían de hallarse alojadas en el interior de su pecho plano.

Hasta que un día descubrió los libros, esos otros ojos que le hacían falta, en el interior de la biblioteca de Larah Corven, la mañana en que ella y otra hermana, encargadas de limpiarla, abrieron la majestuosa puerta de doble hoja y encontraron aquel cementerio de sabiduría lleno de telarañas, guardando un cortés silencio. Tilda se sintió acobardada ante la grandeza de los anaqueles polvorientos, como nobles venidos a menos que conservaran de su época gloriosa la estatura y una elegancia natural que los adornaban aún. Tilda suspiró, enamorada de aquellos estantes que parecían contemplarla desde muy arriba. Allí estaba la clave, se dijo, aquí lo entenderé todo. Porque ella, que ni siquiera había visto una Biblia en casa de su padre, un humilde labriego, adivinó la relación privada que surge entre un libro y los ojos humanos en cuanto se encuentran. Guiada por un inexplicable impulso, mientras la otra hermana suspiraba al calcular todo el tiempo que iba a exigirles la limpieza exhaustiva del suelo de caoba, eligió un ejemplar cualquiera y lo abrió. Aspiró el olor a viejo y eterno que desprendían las páginas y contuvo las lágrimas al reparar en las hileras de signos incomprensibles que atravesaban en línea recta cada plana. Eran tan bellos esos signos. Recorrió con los dedos el trazo uniforme. Oyó que alguien pronunciaba su nombre. Su compañera la miraba, interrogante, y Tilda le prometió a aquel libro que volvería. Salió en busca de los barreños de agua caliente y los paños que iban a necesitar para adecentar la biblioteca. Regresaba en cuanto podía. Se acercaba de puntillas a la biblioteca muy temprano y así descubrió que en todos los volúmenes aparecían las mismas secuencias repetidas una y otra vez. Con la paciencia infinita que a veces da la fe en algo desconocido que se intuye poderoso, a lo largo de diez años extrajo el número de letras distintas que aparecían en aquellas páginas y pactó consigo misma el significado concreto de los signos. Puede que solo se engañara, que nadie en realidad y mucho menos aquella mujercita iletrada fuera capaz de una hazaña semejante. Pero ella sintió, un buen día, que entre lo que alguien había escrito en el papel mucho tiempo atrás y su mente ávida de saber surgía un diálogo privado, que conversaba con alguien que ya no podía responderle y sin embargo continuaba hablando. El libro era una crónica histórica, o eso imaginó Tilda, y aquel pasaje contaba el sangriento choque de dos ejércitos que había acaecido en una edad lejana. Tilda vio como si lo tuviera delante a un guerrero rubio con los ojos tan azules que eran casi blancos blandiendo una lanza en pleno galope, avanzando con una mezcla de miedo y pasión por el campo de batalla, recordando en el último instante de su vida el nombre de una joven y una breve oración que le había enseñado su madre. Vio el brillo líquido del metal y oyó los cascos del poderoso alazán que montaba aquel hijo de rey, lo vio correr despavorido, ya sin su jinete subido en su lomo. Le dio vértigo. Le dio un placer tan enorme como el que producen algunos miedos. Miró el grueso volumen. Una frase y otra y otra más. Páginas. Cientos de ellas, esperándola. Se giró, recorrió de arriba abajo los estantes llenos de tomos olvidados. Aquel lugar era un bosque, un bosque olvidado por el que no cruzaba nadie. Ella sentía en el rostro el frescor húmedo y bienhechor de las páginas de cada novela, de cada librillo de poemas para damas como el peregrino agradece el de las hojas de un sauce bajo el que puede tumbarse a descansar. Porque para Tilda la biblioteca era un camino y un paraíso, un sendero que la llevaba hacia el lugar al que quería dirigirse desde niña, cuando aún no sabía que existía en alguna parte un refugio como aquel en el que nunca acertó a esconderse Larah Corven.

Tilda ordenó el edén. Se erigió en su guardiana y acertó a vislumbrar lo que su santuario podría hacer por las huérfanas. Se propuso enseñarles a leer a todas. Eligió un maravilloso libro de cuentos ilustrados encuadernado en piel rosada, con cantoneras de plata para aquellas pequeñas que solo conocían el lado brutal de la vida, la cueva, los lobos y el hambre en el bosque. Copió uno de los relatos, letra a letra, con infinita paciencia y una caligrafía adánica, pues había descubierto que nada le impedía imitar las palabras, saborearlas y trasplantarlas al papel rugoso que extirpaba a escondidas del libro de cuentas de la hermana provisora. Tilda sintió que creaba el mundo al injertar en la tosca tierra mojada de aquel cuaderno los personajes buenos y malos, el mundo por el que transitaban, siendo perseguidores o perseguidos. Y el vértigo fue aún mayor cuando descubrió que incluso podía recortar las ramitas secas de esos cuentos, enderezar el tallo leve de las palabras elegidas por otro. Así lo hizo, temblando de necesidad, devorada por aquella pasión suya, sintiendo el rumor del agua que le nacía en el estómago y subía por su cuerpo, mientras ella luchaba en vano por contenerla allá adentro, como si sus ojos fueran en realidad los caños cerrados de la fuente del cementerio situado en el jardín trasero de la casa, allá donde había sido enterrada la bendita Larah Corven, Dios la tuviera en su gloria.

Pero Tilda también fue la guerrera de su biblioteca. Amaba tanto la sombría paz de aquella sala inmensa, el tesoro que albergaba cada hilera de libros, que el día que descubrió, casi por azar, la secreta invasión que estaba sufriendo se apoderó de ella una ira desconocida, como la que seguramente se adueña de los defensores de una causa justa cuando les sale al paso el primer cadáver abandonado en el camino por sus enemigos.

Era un hermoso libro de botánica, un diario de flores y plantas raras, laboriosamente sembrado de copiosas explicaciones de su autor, un sabio monje muerto siglos atrás que había logrado dotar de inmortalidad a cada una de las especies amadas gracias a sus bocetos en carboncillo y pigmentos naturales. En pie, junto a la balda de la que había extraído el antiguo manual, Tilda contemplaba, arrobada, el dibujo de la orquídeas mantis, el tutú ceniza de rosa que parecía lucir aquella criatura de Dios, más parecida a un sueño que a una flor del campo, cuando un hilo plateado salió reptando del interior de la orquídea, como si formara parte de una ilustración que hubiera cobrado vida. El pececillo de plata cruzó el pergamino a toda prisa y se precipitó hacia el noble suelo de madera ante los aturdidos ojos de Tilda, que vio también cómo el insecto se contorsionaba apenas un instante allá abajo y se ponía en marcha de nuevo, con la falsa naturalidad del que tropieza aparatosamente y restablece el orden anterior al accidente fingiendo que nada ha sucedido.

Tilda apartó la mirada de la grieta de la madera por la que el pececillo había logrado colar su casi inexistente cuerpecillo, preguntándose si aquello había ocurrido de verdad. Le respondió el hueco circular, oscuro y redondo como el ojo de un pájaro, que parecía observarla desde el centro mismo de la flor extraña que andaba admirando un segundo antes. Asqueada volvió la pesada página, que parecía conservar aún parte del volumen animal, de la textura fibrosa del cuerpo del cabritillo que le había dado origen, tanto tiempo atrás. El daño estaba hecho. El minúsculo ojo de gorrión atravesaba cada ilustración, devoraba parte de las palabras del erudito botánico, destruía la belleza con un silencio oscuro y burlón, diminuto pero definitivo. Tilda depositó el valioso volumen en la repisa y extrajo el siguiente, un dietario similar del mismo autor, dedicado a consignar los animales fantásticos del lejano Oriente. Encontró en él un rastro idéntico, la misma gruta cavada por el pececillo para depositar sus huevos, para vencer con un ejército de los suyos la sabiduría que llevaba tanto tiempo olvidada en aquella biblioteca recién descubierta. Se sintió asqueada como si el primer muerto de las tropas sanguinarias hubiera sido un bebé enroscado aún en su propio sueño fetal. La promesa de algo bello sometido al horror, mutilado para siempre. Por pura tristeza ya no se atrevió a abrir el resto de los tomos de esa colección de obras que intentaban explicar un mundo recién creado, puesto a la entera disposición del hombre. Pero ella no iba a darse por vencida. Hablaría con los campesinos, les pediría ayuda. Salvaría sus libros, atajando la plaga, cuando se pudiera. Copiaría a toda velocidad el texto superviviente de los ejemplares mancillados, aunque no pudiera dibujar aquellas flores y seres de otro mundo.

Así lo hizo Tilda. Pese a su enorme timidez una mañana bajó a la granja más próxima y preguntó a la mujer que encontró tejiendo cestas de mimbre frente al corral si conocía aquella especie de insecto que estaba devorando lenta pero inexorablemente la biblioteca de la viuda Corven. La campesina arqueó una ceja, ella no tenía libros en su casa, pero quizá, añadió, se refería a los mismos bichos que allí prefería zamparse la carne seca y los sacos de harina y trigo de su granero. Tilda suspiró, aliviada, y escuchó con atención cómo podía combatir a la plaga. Era tan sencillo, en realidad, pero hacía falta poseer esa sabiduría que obliga a la gente del campo a interpretar correctamente las señales del cielo, los aullidos del campo, los ojos brillantes de un niño a punto de caer enfermo. El remedio que le servía a aquella mujer para luchar contra los peces de plata que se habían instalado en su despensa era dejar a la vista una patata grande, en la que pudiera cobijarse. Una patata que conservara el olor marrón de la tierra, su humedad inconfundible. A los pececillos les gusta horadar la piel dura de la patata, talar la carne amarillenta de falsa manzana, vivir dentro de ella. Así logró Tilda salvar la biblioteca, disuadiendo a aquel escuadrón casi transparente de habitar en el papel de los libros que se habían convertido en el único amor de su vida. Y

Dios, que se había despertado justo en aquel momento de su último sueño, enfermó de celos cuando vio cómo la insignificante monjita, flaca como un junco, colocaba en cada esquina de la biblioteca una patata deforme que evocaba levemente la forma de un corazón humano. La observó mucho, a lo lejos, a partir de entonces. Aparentemente, Tilda cumplía con todas sus obligaciones. Se levantaba al alba, con las demás, y acudía a la capilla para rezar durante una hora. Pero a Dios no iba a engañarlo, cerrando los ojos y poniendo cara de cordero. Dios sabía más que nadie y muy pocas veces Tilda pensaba en él cuando oraba. Solía ocupar su mente en aquel lugar que se había convertido en el centro de su vida. Dios rezongaba en las alturas al descifrar los pensamientos de su díscola hija. No le rezaba a él, sino a unos libros viejos. Tilda atendía a las niñas del orfanato, sí, gustaba de llevarlas al jardín después de la frugal comida y las sentaba en corro, pero pocas veces les enseñaba su doctrina, el temor que le debían, las oraciones dedicadas a honrar su grandeza. En lugar de ello, se esforzaba en deletrear las letras hasta que ellas las repetían de forma satisfactoria y les leía un par de páginas del libro de cuentos que las tenía a todas hipnotizadas.

Aquella tarde de junio, a la sombra de un venerable roble, desgranaba la tristeza de una sirena enamorada de un humano.

De un humano, no de él.

Y Dios no pudo soportar los ojos llenos de lágrimas de las pequeñas, que entendían como si les hubiera ocurrido a ellas lo dura que es la vida de quien nació a medias pez, a medias princesa del mar.

«Hasta aquí hemos llegado», se dijo. Y buscó a Priscia, y la encontró recorriendo un polvoriento camino, con la mirada fija en el horizonte, aguardando que en alguna parte apareciera Él, que no había vuelto a hablarle. Dios se fijó en que era la primera de una larga fila de mujeres que avanzaban sin descansar un instante, que la seguían como orugas ciegas y precisas. Todas iban cubiertas con una pesada toca y arrastraban el mismo hábito negro. Priscia oraba sin detener su marcha inflexible y las demás la seguían, repitiendo la misma salmodia. Dios las miró a todas, satisfecho. Y su satisfacción creció más aún cuando se percató de que aquella docena de débiles hijas de Eva, de jovencitas reclutadas por Priscia en pueblos y ciudades, arrancadas de sus hogares, de los brazos de sus padres como si se las hubiera llevado una peste, esas que no dejaban de rezar con la cabeza baja mientras marchaban tercamente a pesar del calor y la sed, caminaban descalzas, con las plantas de los pies ensangrentadas. Y decidió esperarlas un poco más adelante, a un día y medio de caminata, para regodearse viéndolas llegar, muertas de cansancio, estúpidas y fieles, antes de revelarle a Priscia, colocando sobre su frente un dedo invisible, hacia dónde podían dirigirse.

Hermana Priscia

«... Priscia, ¿es que no me oyes, Priscia?»

La voz irritada del Amado surgió de pronto, envuelta en las sombras de su celda. Priscia se sobresaltó. Era de madrugada y velaba el sueño de Santa Vela, pero creyó que soñaba. Aunque tenía los ojos muy abiertos y la espalda rígida apoyada en la incómoda silla de cedro en la que Larah Corven se sentaba a esperar a sus espíritus. «Estoy despierta, no lo soñé», se dijo, antes de atreverse a pensar lo que aquello significaba.

Pero de nuevo se hizo el silencio y Priscia se preguntó si era verdad que la voz había sonado alguna vez entre las cuatro paredes de su alcoba.

Aturdida, esperó. Había logrado vencer el cansancio y se quedaba despierta todas las noches porque sabía bien que nunca había que bajar la guardia con ellas. Las conocía a todas, las había visto llegar una a una, surgidas del camino como perros vagabundos, extirpadas de sus casas como un tumor. Eran el Mal y Priscia no dormía para que esas niñas malditas supieran que no dormía. Al principio se sentaba en la silla de la viuda Corven apretando un pequeño crucifijo de plata en cada mano. Si el sueño se acercaba como uno de los lobos que rondaban el convento, lo espantaba clavándose la punta de cada cruz en las palmas. Olvidó el dolor a fuerza de convocarlo, porque nada de lo que el Amado quisiera hacer con ella podía ser malo. Ese era su consuelo, el Amado y su cuerpo de plata acompañándola en las noches, guardando con ella la paz de Santa Vela.

Priscia.

La voz que había oído de niña, en el pueblo donde nació. Rescatándola aquella tarde, en la soledad de la tina del patio, bajo la higuera, donde se bañaba a oscuras envuelta en un camisón blanco. Como un monstruo del pantano había aprendido a encogerse en el interior verdoso del barreño, avergonzada del cuerpo que le había tocado en suerte.

Sus padres se habían asentado en la vieja casa antes de que ella naciera y conservaban el marcado acento del norte. No lo habían perdido porque casi nadie les hablaba en aquel lugar. Ni siquiera se hablaban entre ellos, pensaba Priscia, podían pasar semanas sin que sus padres intercambiaran una palabra y en las comidas reinaba un silencio incómodo, como un invitado inesperado del que no pudieran librarse día tras día, noche tras noche. Priscia los miraba de reojo. Los dos rubios y pálidos, concentrados en su propio mutismo, le parecían a ratos la misma persona. Ella también era alta y se encorvaba al andar igual que hacían ambos, abrumada por su estatura. Era su viva imagen, cavilaba, y los tres hubieran podido pasar por hijos de la misma madre. Los espiaba mientras rezaban con los ojos cerrados y sus frentes se llenaban de un surco de arrugas idénticas. Volvían a abrirlos y Priscia notaba lo semejante que era el azul desvaído de sus miradas. La madre cortaba el pan y ofrecía a su padre la cesta. El padre cogía un pedazo, sin dar las gracias. Cuando acababan de comer se levantaba con prisa mientras su madre y ella recogían la mesa. Entonces Priscia sentía un dolor insoportable que no acertaba a explicarse, como si los tres estuvieran condenados a esa tristeza densa que se apoderaba de cada mueble y hasta del crepitar de los leños que ardían sin ganas en el hogar. Nunca supo qué razón llevó a sus padres a vivir en ese pueblo donde, después de tantos años, aún se los trataba como extranjeros. Nunca se atrevió a preguntarlo. Si aún había luz afuera y no hacía demasiado frío, Priscia también huía de la casa y salía a su lugar favorito del mundo, la tina que quedaba a la sombra de la higuera.

En el aire flotaban las risas y los gritos de los niños de las casas vecinas. Hablaban otro idioma, el de sus juegos egoístas y esa alegría terrible que a ella le estaba vedada. El baño era su único refugio, el lugar en el que podía desaparecer, hundiéndose del todo, acogiéndose a sagrado en el interior de un vientre amable. El resto del tiempo los muchachos le tiraban piedras por la calle, le preguntaban el nombre, burlones. «¿De verdad te llamas así? Dinos la verdad.»

Al principio se conformaban con rodearla a la vuelta de misa. Se acercaban mucho, sin llegar a tocarla, moviendo los brazos, chasqueando la lengua como si llamaran a un animal aturdido. Pero una mañana de domingo aparecieron de pronto y la acorralaron en el atrio de un caserón. Ella quiso retroceder, sabiendo ya que era tarde. Uno de ellos, envalentonado, la agarró del brazo y le dio un puñetazo en la cara que le hizo perder el equilibrio. Sintió el sabor de la sangre en la nariz y un dolor ciego que lo volvía todo rojo mientras los demás tiraban de ella, arrastrándola al interior y la tumbaban en el suelo. Uno de los muchachos volvió afuera y se quedó vigilando. Ya no veía nada ni podía moverse. Solo sentía sus manos y sus piernas empujándola contra el suelo, obligándola a quedarse quieta. El primero le tiró de las trenzas para obligarla a clavar la cabeza en los adoquines y cuando le escupieron en las mejillas cerró los ojos. Sintió que su cuerpo estaba a la vez en dos países distintos, dos territorios recorridos de norte a sur por el trote de un caballo brutal. Le ardía el rostro y allá abajo estaba el dolor, recién descubierto.

Pasó mucho rato allí, concentrada en el repiqueteo rítmico de una gotera. Algunas veces abrió la boca para gritar y no tenía voz. Se dejó llevar por el latido tenaz de la gota de agua, al fin y al cabo un reloj como otro cualquiera en el que el tiempo acababa fugándose, sin que nadie pueda evitarlo.

Giró la cabeza para no ver. Morir era dejar de saber, lo supo de pronto, y no le pareció algo tan malo. Como en un sueño, el vigilante la miraba a lo lejos y se reía. Dónde había perdido el misal, pensó angustiada, el misal que había sido de la madre de su madre, la abuela a la que no conocía y de la que no sabía nada más que eso, que había sido la dueña de un libro gastado del que ella no se separaba, dónde se le había caído. Alguno de ellos levantó de nuevo su falda manchada. Volvió en sí por un momento y pateó débilmente el suelo, en un último esfuerzo para alejarlos. Nadie más sabía que su cuerpo era dos países.

De vuelta a casa corrió. Aún oía sus carcajadas triunfales, los ruidos obscenos con que la despidieron, pero no miró atrás, porque sentía que una parte de ella se había quedado allí para siempre, tumbada a los pies de aquellos hijos de la buena gente del lugar, con las piernas abiertas, desvencijadas, y los ojos cerrados de una muerta. No se detuvo, no volvió sobre sus pasos para buscar el misal que era de su abuela, que era como ella imaginaba que había sido su abuela, amarillento y con las páginas llenas de arrugas de tiempo y rezos gastados en vano. Corrió hasta cruzar el umbral de la casa de sus padres. Se sumergió vestida en la tina de agua, bajo la higuera del patio. Permaneció allí hasta que cayó la noche y alguien, su madre, su padre, no hubiera sabido decirlo, se parecían tanto, salió de entre las sombras a buscarla.

Desde entonces se escabullía tarde tras tarde para hundirse en el verdín del agua de lluvia que olía a fruta podrida. Entraba en la tina oscura para lavar su culpa. Le pedía a alguien, quien quiera que fuese aquel al que rezaban todos los hombres, que la dejara morir de una vez.

Llévame ya.

No sabía a quién le hablaba, solo le rogaba a un tú, quizá al mismo al que se habría dirigido su abuela. El misal estaba plagado de ruegos y palabras de amor dedicadas a Él, de letras desgastadas que la madre de su madre había recorrido con sus dedos tantas veces que había llegado a borrarlas. Recordaba versículos enteros que susurraba cerrando los ojos.

Llévame ya.

Quería soltar despacio sus trenzas, dejar que el peso la venciera, dormir dulcemente a la sombra de aquel árbol cuajado de frutos violetas, casi negros. Deseaba morir, acabar con el cuerpo inmundo que ya no podía limpiar por más que entrara una y otra vez en el agua de la tina. Sentía que debía arrasar de una vez, como una peste, cada rincón de los dos países.

Entonces, Él habló.

«Te he escuchado, hija mía.»

Priscia abrió los ojos, convencida de que Él tenía que estar ahí, a su lado, tan cerca había escuchado el sonido de su voz. Una voz sin acento del norte, grande y eterna, que siguió retumbando un tiempo en el interior de su mente y la recorrió de arriba abajo, como decía aquel viejo del pueblo al que había dejado ciego un rayo que había notado la descarga amarilla apoderándose de su cuerpo durante una tormenta lejana, cuando aún era un muchacho.

Se estremeció y trató de cubrir con las manos la desnudez que le hacía sentir su voz, acariciando cada poro de su piel bajo el camisón empapado. Él soltó una carcajada tan fuerte que Priscia se volvió hacia la casa, temiendo que en cualquier momento sus padres surgirían en el vano de la puerta, preguntándose quién era aquel extraño que se acercaba a su hija medio desnuda. La voz se convirtió en un susurro en su cuello.

«No temas, nadie más puede oírme, hija mía. Tú me has llamado y he venido a buscarte. Pero tendrás que hacer algo para te lleve conmigo, algo que me deje saber cuánto me quieres.»

Priscia sintió que la voz tenía dedos, capaces de señalar el interior de la casa en la que ella había nacido. Las palabras de Él se clavaron en el granero de la planta superior, donde su padre se hallaría justo en ese momento acarreando sacos de cereal para invierno. Las sintió pasear como un gato acechante por el patio trasero, donde su madre tendía una colada de sábanas recién lavadas en el río.

«Ellos pecaron, Priscia. A ti te perdono, te perdonaré en cuanto cumplas mi voluntad. Escucha bien, hija querida. Este será el primer mandamiento que debes cumplir.

»Matarás a tu padre y a tu madre.»

Eso dijo el Amado, a través de los brazos crispados de la higuera, dejando que su voz cayera como una piedra en el agua sucia del remordimiento.

Fuera ya no se oían risas infantiles. Las madres ordenaron a sus hijos que volvieran adentro cuando empezó a soplar un viento rabioso, inesperado como el ataque de un animal que hasta entonces hubiera aguantado dócilmente los golpes de su dueño. Pero era tarde. Los cuatro niños se acostaron temblando de frío y no hubo oración ni cataplasma de pulmón de cordero que pudiera salvarlos. Murieron durante la noche y en cada ventana sonó el lamento de una hembra herida. Los aullidos de aquellas madres se apoderaron del silencio y nadie oyó nada que no fueran sus voces atravesadas por la muerte. Ella se levantó temprano, lavó sus manos manchadas en la tina del patio. Con la primera luz del día vació sobre las losas del patio el agua negra del barreño. Después cerró el portón de casa de sus padres a sus espaldas, juntó las palmas de las manos y sin sentir ninguna pena se sumó al cortejo que rezaba, detrás de los pequeños féretros blancos. Nunca volvió del cementerio. Echó a andar, alejándose del pueblo. Llegó a la orilla de un río cercano y sin detenerse sacó del delantal las tijeras de su madre, aún ensangrentadas, cortó sus trenzas y las arrojó al agua. Ni siquiera se detuvo a mirar cómo las engullía la corriente. Guardó de nuevo las tijeras simplemente porque oyó la voz de su Amado ordenándole con un susurro que lo hiciera y continuó el camino, sabiendo que Él la guiaría.

No volvió a hablarle en muchos meses. La llevó con él en silencio, la empujó sin palabras hacia el camino y ella comenzó a andar a ciegas, cumpliendo su voluntad. Empezaron a seguirla otras muchachas que surgían de los senderos y los bosques, todas vestidas de negro, con los mismos ojos alucinados, dispuestas a sufrir cuanto pudieran por una causa que aún desconocían. Seguían a Priscia en silencio, a través de la borrasca o bajo el calor ardiente de las primeras tardes de un verano repentino. Algunas se desmayaron y quedaron postradas en el camino, sin que las demás repararan siquiera en ellas. Andaban sin pensar, con la mirada puesta en el horizonte siempre lejano. Caminaban incansables, cargando por turnos el pesado retrato de una hermosa mujer que encontraron abandonado junto a una puerta y que Priscia ordenó que llevaran con ellas porque Él le había dicho que así debían hacerlo. Marcharon obstinadas hasta que Priscia se detuvo en seco. Sintió que uno de Sus dedos le rozaba la frente. Tuvo la certeza de que el Amado le había señalado con esa caricia leve la enorme casa vacía tras la muerte de una viuda loca, repoblada por unas cuantas monjas que seguían intimidadas por la grandeza de aquel edificio. Priscia aporreó la puerta y empujó a la muchacha flaca que le abrió. Subió la escalera hasta el tercer piso, tal y como el Amado le mandó que hiciera y halló sin esfuerzo el testamento de la anciana detrás de un espejo, en una de las habitaciones del tercer piso al que las otras hermanas ni siquiera se atrevían a asomarse. Por primera vez en mucho tiempo se encontró con su rostro, tan parecido al de su padre, al de su madre, el norte del país perdido. Dio la vuelta al marco, mandó encender el fuego y rompió en pedacitos la última voluntad de la viuda. Decidió quedarse allí, esperar a que llegaran las otras, las que irían viniendo de lejos sin que en sus casa pudieran impedirlo, las que lo honrarían a Él por encima de todo.

Ella y las novicias arrancaron el lujoso brocado de las paredes, dejándolas desnudas. Apartaron todos los muebles de caoba y palisandro, enrollaron las lujosas alfombras con las que aquella vieja heredera había cubierto cada centímetro del suelo para evitar que sus perseguidores oyeran sus pasos. Descolgaron las arañas de cristal y guardaron bajo llave las tijeras con las que la santa patrona había cortado sus hermosos cabellos a modo de sacrificio. Hicieron correr la voz. Lavarían la ropa de toda la comarca para purgar los pecados del mundo, de las niñas malditas. Acogerían huérfanas y chiquillas descarriadas, les darían un hogar en el amor a Dios en el seno del convento de Santa Vela.

Durante los años que siguieron Priscia fue la mejor de las esposas, por más que solo muy de vez en cuando el Amado se dignara a hablarle de nuevo para susurrarle un nuevo mandamiento. Ella cumplió cada una de sus órdenes, hizo lo que debía hacer con cada niña y su destino. Sus caminos eran oscuros a veces, se decía, caminos envueltos en la noche que ella cruzaba descalza sin dudar ni preguntarse la razón. Él decidía cuáles morirían de hambre en el desván, a modo de sacrificio, cuáles saldrían de Santa Vela y empezarían perplejas una vida distinta, solo porque Él lo había querido así. Priscia nunca sabía qué ocurriría con cada recién llegada, se limitaba a escuchar la voz y a obedecer, aliviada, porque le permitía complacerle una vez más.

Todo lo que fuera necesario para que el Amado comprendiera que su lealtad era infinita, que siempre cumpliría sus designios. Esperó su regreso cada noche, sentada en la silla de cedro, con dos cruces clavadas en las palmas. Permaneció despierta madrugada tras madrugada, olvidado el dolor y el sueño bajo su hábito de madre negra, hasta que Él volvía de allá donde fuera que estaba cuando no lo sentía cerca.

Una vez más Él había regresado. Y sin embargo, todo era distinto.

No le dijo su nombre, ni quién era ella. Se limitó a señalar con su dedo invisible a la recién llegada, la que a la mañana siguiente, a primera hora, se levantaría pensando que Dios la había despertado en algún momento de la noche para decirle, con el tono susurrante en el que se cuentan todos los grandes secretos, que Él, en realidad, nunca había existido.

El hacedor de muñecas

Algunas vienen a verlo. Se ponen en pie con el cansancio incurable de los muertos y salen cojeando de un largo sueño. Las muñecas han dejado de yacer inmóviles, amontonadas en su fosa común. Las ve agitarse entre los escombros del horno, retorcerse, desenredarse con la torpeza de criaturas primitivas. Traman un equilibrio lento, se yerguen sobre las piernas de niñas falsas ayudándose unas a otras, como insectos solidarios. Desnudas y húmedas como tubérculos que evocan vagamente las formas de un cuerpo humano, sin dejar de ser vegetales. Las mira surgir de entre las sombras de la fábrica abandonada y silba muy bajito. Nada. Entonces prueba a llamar a Sephine. Pero su mujer no llega con el trote solícito de siempre. Antes solían trabajar codo con codo en la pequeña fábrica. De pie ante la mesa más grande del taller, él ideaba docenas de moldes de hierro y bronce para que las muñecas fueran tan diferentes entre sí como niñas de verdad. Colocaba los moldes alineados. En cada uno aparecían por separado la mitad de una cabeza, un tronco o las extremidades de la muñeca. Gozaba extraordinariamente mirando ese sarcófago de miembros desquiciados de los que acabaría brotando un muslo regordete, un rostro lunar, el torso inmaduro de una niña pequeña.

Se le iban todas las horas del día en calcular la proporción exacta de piernas y brazos, en trazar con exactitud la frente redondeada, el arco incrédulo de las cejas, el hueco de los párpados, la boquita seria. La vida era un misterio aún más enigmático en el caso de las muñecas. Sephine y él no habían tenido hijos en los primeros años de su matrimonio.

Pensaron que era el vientre estéril de ella el que no podía darles la alegría y dejaron de intentarlo y hasta de tocarse. Él, con un rencor sordo. Ella, con un remordimiento que no entendía, a pesar de sentirlo tan adentro, tan suyo, como el vacío de sus entrañas. Evitaban mirarse y vivían juntos en la pequeña casita pegada a la fábrica sin apenas hablar. El silencio engordó a Sephine, que había sido siempre una pluma e imprimió a sus andares la torpeza bondadosa de un viejo sabueso. Sephine dejaba lo que estuviera haciendo y acudía sin resuello adonde él estaba en cuanto lo oía silbar. Se acostumbró a dormir en un jergón a los pies de la cama de su esposo, como un buen perro que le hubiera fallado una vez y al que él todavía no había perdonado. Durante la jornada, en el taller, envueltos en esa nube fría que emana la porcelana líquida, los dos se afanaban en dar existencia a las princesas y damitas preferidas por las hijas de las familias más ricas de la región. Copulaban sin tocarse el uno al otro, cada cual enfrascado en su tarea del día, extrayendo de un material yerto, de la misma nada, el espejismo de vida que poseían todas las muñecas que llevaban su sello.

El hacedor recorría, obsesionado, las fábricas de telas nobles de todo el país. No servía cualquier satén, era necesario elegir pieza a pieza cada centímetro de tul. Escogía la seda y los encajes de sus vestidos; dibujaba en un viejo cuaderno las prendas y las hacía surgir de la nada, gracias a los prodigiosos dedos de Sephine, trayéndolas de lejos, del fondo de una habitación secreta de su mente. Nunca guardó un día fiesta, no le gustaba descansar porque lo atormentaba la idea de que una de ellas pudiera quedarse sin nacer por culpa de su negligencia. Así que de lunes a domingo, en cuanto la noche dejaba de ser una excusa, salía de la cama y se ponía en marcha. Solía vestirse a oscuras, tomaba un desayuno frugal que ella le había dejado preparado la víspera. La fiel Sephine, que era una muchacha de pestañas rubias, ligera como una pluma blanca cuando la conoció y que con los años se iba volviendo un ave gruesa y lenta, se levantaba al mismo tiempo, esperaba despierta hasta que él se movía y, renqueando, lo seguía a la cocina. Los dos masticaban taciturnos un pedazo de queso y daban sorbos a la jarra de leche mirando en silencio la oscuridad a través de la ventana. Esperaban la victoria de la luz, delgada al principio, apenas una veta plateada que iba abriéndose camino en el cielo, cerrando poco a poco los ojos oscuros de la noche, que se dormía para que ellos pudieran trabajar en sus muñecas. Sephine trabajaba en silencio los rostros de las muñecas que habían salido del horno el día anterior. Hacía surgir en el centro de la frente las cejas arqueadas con un fino trazo negro o castaño, llenaba de pestañas pintadas las cuencas aún vacías, maquillaba labios pálidos, pellizcaba con una pincelada un rubor repentino en sus mejillas. Sephine, que cosía los vestidos de novia, los abrigos de viaje, los vestidos de fiesta como el ajuar de las hijas que no vinieron. Sus ojillos de podenco se clavaban en la tela con la lucidez de un cirujano que supiera con exactitud dónde conviene trazar el camino de los puntos de sutura. Los dedos regordetes sobrevolaban ágiles el paisaje de organza, la seda líquida, el denso terciopelo negro. La amaba todavía un poco cuando Sephine, olvidada de su habitual torpeza de animal obeso, recuperaba la delicadeza de antaño. Eso sucedía en el taller, en el parto de una de sus niñas. Sephine se volvía una artesana mágica, un hada que solo tenía que posar los ojos en un pequeño retrato en blanco y negro y contemplar después el vaciado de una cara muda de porcelana para convertirlo en la réplica exacta del rostro angelical de la hija pequeña de un marqués. Pero, si era necesario, se internaba en el bosque de buena mañana y no regresaba hasta que no traía llena de corteza de pino negro su cesta de mimbre. Guardaban un secreto, la fórmula de su falsa porcelana, la receta de la piel inconfundible de las muñecas, que habían ido perfeccionando a lo largo de los años, para abaratar costes. Sephine iba en busca del ingrediente silvestre, del secreto de sus muñecas. Había descubierto que la tera, una especie de nabo salvaje que a veces, en tiempos de escasez, los dos habían comido a todas horas, poseía el tono cetrino y lácteo que necesitaban para la piel de las niñas. Por eso arrancaba los mejores pedazos de la corteza de tronco de pino que rayaba luego en la cocina y mezclaba con fécula de tera y harina en el interior de un barreño, hasta que todo se fundía una pasta homogénea, un misterioso puré que ella removía con la cuchara de madera para que el tono cremoso de la tera se fundiera con los pedazos de árbol y adquiriera el matiz levemente terroso que le daba el soplo de vida necesario a la blancura irreal de la porcelana.

Cocían en el horno la carne blanda de sus lindas niñas, de una en una, como si quisieran honrarlas a todas con un funeral exclusivo. Nada le gustaba más al hacedor que ese momento en que el calor sobrehumano se apoderaba de la arcilla y el aire comenzaba a oler a carne fresca de árbol. Ellas parecían crujir en el interior de las llamas naranjas, se revolvían como si un enorme dolor necesario se apoderara de sus pequeños cuerpos. Pero al retirar del fuego la bandeja, Sephine y él veían, siempre llenos del mismo asombro emocionado, que las muñecas lucían en sus caras y en las manitas un inesperado color luna llena que las hacía distintas, más vivas y reales que las de otros artesanos célebres. Les llegaban encargos de todo el condado. Madres e hijas de las mejores familias deseaban que sus esposos y padres les regalaran su propia miniatura, convertirse en una de esas delicadas señoritas de loza que pudieran exhibir con orgullo en lo alto de una vitrina de su gabinete o su cuarto de juegos.

«Sephine querida, ven ya, vuelve aquí.»

Y silba, sin esperanza.

No sabe seguir sin ella. Quién lo iba a decir. Mientras vivió se repartían el trabajo. Él decía lo que había que hacer y Sephine obedecía. Incansable, se encargaba de soplar en vidrio los pares de canicas que acabarían siendo los ojos castaño oscuro, miel, turquesa o verde esmeralda de las muñecas. Los dejaba enfriarse en el cuarto de luz, un diminuto habitáculo, no mucho mayor que una despensa, situado en la parte posterior de la casa. Sephine depositaba media docena de aquellos ojos serios de gato dentro de un plato hondo de loza, regalo de bodas de su madre, a la sombra perenne de ese cuarto tan frío como si una parte de su hogar hubiera muerto sin que ninguno de los dos se hubiera dado cuenta. Los ojos terminaban de adquirir en la oscuridad un aliento de vida, la luz que animaba cada pupila y que sostenía la ilusión de que las muñecas miraban de verdad a quien tenían enfrente.

Sephine, sí, ojalá pudiera librarse del recuerdo de ella, de su cuerpo redondo tendido junto a la mesa pequeña del taller. La muerte debió de sorprenderla mientras colocaba un ojo izquierdo negro como el azabache en la cara de una de las niñas. Él había viajado a Santa Vela aquella mañana y no regresó hasta entrada la noche, feliz con su botín. Necesitaban más cabelleras y las hermanas siempre los proveían del pelo natural, joven y lleno de vida de las huérfanas. Las monjas lo esperaban cada mes, con el saco de cabello que Sephine desenredaría con paciencia infinita, sentada en su sillita baja, en el porche de la cabaña, antes de separarlo y clasificarlo por colores y largura. Sephine odiaba aquella parte del trabajo, lloraba en silencio sin soltar el peine de madera de arce, como si cada una de las cabelleras le contara una triste historia mientras lo hacía.

El ojo derecho de la muñeca que ella dejó sin acabar al morir seguía mirándolo, acusador a la vuelta del cementerio, la mañana de su entierro, desde la mesa donde Sephine solía trabajar. Su esposa había deshecho con cuidado infinito la gruesa trenza verdosa que las monjas les habían traído pocos días antes, dentro de un basto saco, como todos los demás. Sin embargo, aquella melena era un tesoro que parecía arrancado del mar. Sephine la había lavado canturreando bajito, como si el pelo o la chiquilla a la que había pertenecido pudiera oírla lavando con cuidado infinito la trenza verdosa que les habían traído las monjas pocos días antes. Todavía colgaba de la ventana, como una red de algas puesta a secar. No se atrevió a cambiar de sitio la cara de la muñeca, la cabellera, tampoco a fabricar una sola pieza más. Sus manos estériles habían olvidado el camino de vuelta a la rutina de cada día. No fue capaz de rellenar otro molde y rechazó todos los pedidos que seguían llegando, igual que fluye la sangre en los cuerpos de los vivos aunque la muerte haga una visita a sus casas durante la hora de la comida. Clausuró la sala del horno, no volvió a acercarse jamás al cuarto de luz ni a Santa Vela. Se juró a mí mismo que la fórmula de la falsa porcelana de Sephine moriría con él.

Pero sus niñas, sus dulces hijas, ya no saben estar muertas por más tiempo. O tal vez, se dice, soy yo quien va acercándome cada vez más a su extraño Limbo, ahora que soy viejo y he aprendido que cada paso es una amenaza, que albergo en mis ojos una casa llena de telarañas. Vienen o voy. Me llaman o acudo a su lado sin necesidad de que digan nada. Querría contarles algo que sirviera para congraciarse con ellas. «Ardíais tan bien. Olíais a carne quemada y erais lo más bello que he hecho en mi vida, mis únicas, mis verdaderas hijas.» Pero ahora regresan desde la fábrica abandonada, calvas como las niñas de Santa Vela. Las muñecas ya no recuerdan que él les dio un cuerpo de verdad y el cabello vivo de una de las huérfanas. Vuelven, como si las hubiera condenado. Por eso el hacedor guarda el respetuoso silencio de un cadáver y espera.

Los libros ahogados

Dijo que lo hacía en el nombre de Dios, y todas la creyeron.

Desde que llegó, Priscia era la voz de Dios y las que ya llevaban un tiempo allí temblaban, deseosas de que Él se manifestara de alguna forma y dijera lo que había que hacer. Asintieron, dóciles, cuando ella aseguró que la voluntad del Altísimo era que que el convento se llamara a partir de entonces Santa Vela, y que la santa patrona fuera la mujer del cuadro que traían con ellas, como una reliquia sagrada.

El primer día les mandó que olvidaran su vida anterior, que renunciaran a todo lo que habían sido. Hizo que se colocaran en fila y les otorgó a cada una el número que sustituiría sus nombres de pila. Priscia también prohibió a las hermanas caminar con la cabeza alta y reír durante la comida. Los ojos eran las puertas del pecado. Comer era una esclavitud que debería avergonzarlas a todas.

El segundo día, Priscia ordenó que se arrancaran todas las amapolas rojas del jardín principal. El rojo atraía al demonio de lejos, él buscaba ese color por el mundo y se detenía allá donde lo encontraba, sabedor de que sus servidoras andaban cerca.

El tercer día, Priscia decretó que a las niñas se les cortaría el pelo en cuanto llegaran, para arrancarles de cuajo la vanidad. Dios no quería que fueran esclavas de la molicie y por eso era perentorio que trabajaran buena parte del día, desde temprano y hasta media tarde, ocupándose de lavar y planchar la ropa del hospital y las casas ricas del condado.

Dios estaba enfadado con Santa Vela y sus moradoras. Por eso, el cuarto día Priscia estableció que había que rezar más para contentarlo. Exactamente quince veces al día, tres de ellas en medio de la noche.

El quinto día, Priscia obligó a las monjas a llevar permanentemente la toca, no podían quitársela jamás, ni siquiera cuando se acostaban, para que convirtieran el dolor en parte de su entrega al Señor.

El sexto clamó que era imprescindible que ayunaran y durmieran en el suelo siempre que se le quisiera hacer una ofrenda al Altísimo.

Con Priscia llegó el hielo, vino la noche.

Las demás hermanas obedecieron, temerosas, porque a Priscia la había mandado Dios con aquella legión de jóvenes que la seguían desde todas partes, que habían abandonado sus casas, a sus madres llorosas, la fortuna familiar. Bellas herederas que de pronto se habían enamorado del Señor al oír a Priscia hablar de Él. Dios era el príncipe al que habían estado esperando asomadas a la ventana, rumiando un amor desesperado que aún no había encontrado su destinatario. Lo amaban sin verlo y Priscia se lo mostró a todas ellas. Se entregaron a aquel amante invisible que las hacía temblar de noche, que entraba en sus alcobas y las acariciaba en medio de la oscuridad, por más que sus doncellas yacieran en el catre de al lado. Dios las poseía en su propio lecho, en la misma casa de sus padres, les arrancaba el camisón y ellas sentían cosas que no podían explicar ni recordar sin que un ardor incontenible, venenoso, se apoderara de sus entrañas.

Priscia les habló de Dios y Él se hizo carne. Todas aquellas muchachas ricas y hastiadas lo sabían bien. Por eso cuando Priscia las amenazaba con llevarse al Señor, ahora que le había encomendado la búsqueda de Santa Vela, ellas la seguían sin rechistar. Se dejaban talar la trenza espesa que nadie había cortado nunca antes y la entregaban como el propio cuerpo, con los ojos abiertos y gimiendo de puro gozo cuando la tijera dejaba caer al suelo la que hasta entonces había sido su más preciada posesión.

Vino y trajo las sombras. Y cuando todo fue oscuridad, Priscia suspiró, insatisfecha. Eso era poco. Todo era poco.

Fue entonces, en el séptimo día, cuando reparó en la puerta de doble hoja de la biblioteca. Y tembló, porque supo que Dios iba a decirle algo al respecto de sus amados libros.

Priscia y sus fieles asaltaron la sala. Las novicias habían olvidado los títulos de sus cuentos de amor favoritos, de las primeras lágrimas derramadas por culpa de una daga inoportuna y de un frasco de veneno, en aquella historia tan triste de dos enamorados italianos. Invadieron la sala de los cuentos, que las monjas a las que yo había enseñado a leer, leían a las niñas de noche, en el refectorio, antes de que llegara la hora de acostarse.

Las mujeres no deberían abrir jamás un libro. Todas llevan el mal dormido dentro, nadie debería ayudar a despertarlo.

Los hermosos libros de cuentos fueron desapareciendo de los anaqueles y depositados en el centro del jardín por aquellas advenedizas que hubieran seguido a Priscia al desierto ardiente del infierno, si ella se lo hubiera pedido.

Tan solo Tilda se atrevió a protestar. Esos libros eran obras de arte, a su modo también gozosas criaturas inspiradas por Dios, el señor del mundo.

Priscia la contempló, burlona. Tenía los ojos amarillentos de un lejano cocodrilo y Tilda se sintió como el insecto desvalido que queda encerrado para siempre dentro de una gota de ámbar. «No lo haga, hermana Priscia, por favor», se atrevió a suplicar, pero los libros ya estaban siendo deportados al jardín. Todas esas novelas, y los libros de viajes, y los tratados de botánica, y los manuales poéticos. Las hermanas iban y venían, mutilando su palacio, el único lugar donde Tilda había sido feliz del todo.

Dejaron dentro algunos misales. La hermana Priscia confiscó varias Biblias de diferentes épocas. Algunas eran tan valiosas como el corazón de un hombre, joyas en cuyas encuadernaciones se habían engastado piedras preciosas de colores que Tilda no había visto antes. Las Biblias contaban cuentos peligrosos y despistaban de la oración, así que decidió que deberían formar parte de la pila de volúmenes condenados. Las monjas que supieran leer y escribir quedarían al cuidado de la copia de libros piadosos, en los años siguientes, para repoblar las baldas infinitas de la biblioteca del orfanato.

Y después las reunió en el atrio de la casa a todas, hermanas y niñas, y les encomendó a cada una que, en nombre de Dios, tomaran un libro y lo lanzaran a las aguas del lago, como prueba de amor a su Señor.

Tilda quiso protestar, pero ella también era una pobre oveja. Ni siquiera un balido quejumbroso encontró en su interior, no acertó a hallar la forma de decir que Dios, el de verdad, nunca hubiera enviado a sus hijas a hacer algo como aquello. Que Dios, así lo decían las Santas Escrituras, prefiere el fuego y no ahogaría los libros porque el agua lo mata todo de una forma lenta y terrible. Hubiera sido mejor el fuego. Dios lo había mandado en otras ocasiones, casi como una prolongación natural de su ira, como un grito atronador que escapara de su garganta al mirar a los hombres. Dios se había servido del incendio, del poder purificador de las llamas para arrancar de cuajo el vicio enquistado de un pueblo, su falta de fe. Ella, que amaba tanto los libros y los había cuidado como a niños pequeños, que había estado pendiente de sus enfermedades y sus heridas, hubiera preferido verlos arder. Olerlos por última vez, dejar de ser del todo. Tilda lloraba hacia adentro desde niña, porque descubrió que el llanto que lograba escapar de sus ojos se convertía en una maldición, en un estigma. «El llanto llama al llanto –se decía–, si no lloras la desgracia no sabrá que sufres y se irá.» Pero entonces no pudo evitar que el llanto se adueñara de ella, la sacudiera de arriba abajo, haciéndola temblar como a una pobre hoja de árbol, mientras veía aquel desfile fúnebre de huérfanas y monjas que se detenían en la orilla del lago para arrojar un libro al agua.

El lago se llenaría de cadáveres. Y en el fondo de su estómago una corriente lenta empezaba a circular inexorable. Se acababa la quietud del agua dormida, comenzaba el dolor insoportable que le producía saber que todas las letras iban a pudrirse poco a poco. Ella hubiera preferido el papel quemado, la ceniza plateada y negra, la danza loca de las chispas naranjas, ese olor a piel abrasada de animal. «Me reuniré con vosotros, esta misma noche», les susurró. Ya sabía cómo hacerlo. Se llenaría los bolsillos de piedras y se hundiría poco a poco, cuando oscureciera. Nadie la vería salir del orfanato y para cuando registraran su ausencia en el desayuno ya sería tarde. La reconfortó un poco imaginar su cuerpo hinchado en el fondo del lago, el hábito y su toca ondeando como una anémona. Nadie descubriría adónde había ido a parar la pobre Tilda, que ya no se llamaba Tilda, sino simplemente hermana 2, adónde se había fugado tras el expurgo de su biblioteca. Nadie sabría que estaba entretenida mirando una eternidad de agua oscura, con el rostro cómicamente perplejo que tienen todos los muertos.

Hubiera preferido el fuego, y también no ver la sonrisa de Priscia, al contemplar el torpe aleteo de los lomos, su manera triste de ahogarse, una miserable despedida que a Tilda le sonaba como un reproche y se le quedaba atravesado en el tímpano izquierdo, cada vez.

Cuando le tocó a ella, esperó un momento. Le pidió perdón al libro que iba a lanzar al agua, dejándolo caer lentamente. Era un tomo muy hermoso, encuadernado en un intenso tono de azul que Tilda recordaba haber visto alguna vez en las irisadas plumas de los pavos reales. Azul azul, un azul doloroso, de noche encendida, al que hubiera querido explicarle sus motivos, su pavor bovino.

«Adiós. Has sido bello y útil. Gracias a uno de tus versos aprendí que la palabra temblor tiembla de verdad.»

Y rezó, pero no a Dios, porque ya no creía en él. No podía existir en un mundo en el que una docena de niñas calvas y unas monjas enlutadas ahogaban uno a uno los libros del convento. Cerró los ojos y rezó, pidiendo que nadie que no fuera merecedor de ello se diera cuenta de que una de las baldosas blancas de la capilla se movía un poco. Que ninguna de aquellas mujeres cuervo se percatara de que aquel pedazo de mármol crujía cuando alguien lo pisaba. Que solo alguien de verdad noble sintiera un pálpito y comprendiera el valor de aquella baldosa suelta y se inclinara a retirarla, con la necesidad de descubrir si al otro lado había algo escondido y que así encontrara y se llevara consigo el libro más pequeño de Santa Vela, un cuento medieval que narraba la historia de amor imposible entre un caballero errante y un hada de los bosques.

La madre blanca

Lo hicieron por Taria, que hablaba con los galgos melancólicos y el pequeño pony como si fueran sus hermanos pequeños. Prepararon la maleta con ropa nueva que su hija nunca llegó a estrenar. Emprendieron el viaje a Santa Vela, muy temprano. La pequeña Taria se quedó sola, de pie junto a la balaustrada de la casa, despidiéndose. Vestía de negro de la cabeza a los pies, del diminuto sombrero a las zapatillas de ballet que insistía en calzar a todas horas. Taria estaba muy consentida, pero ellos no tenían valor para oponerse a sus rarezas, no sabían negarle nada, porque sentían que habían obligado a la niña a vivir en la mansión de la familia de su padre, tan lejos de todo, sin posibilidad de conocer o jugar con otros chiquillos. Resignados, aceptaban que sus excentricidades de princesa heredera eran el precio que pagaban a cambio de ese aislamiento que le habían impuesto desde que nació.

Les hubiera gustado darle una hermanita, pero no había podido ser. Aquella segunda niña no terminaba de llegar y Taria crecía rodeada de adultos, escuchando sus conversaciones, aprendiendo a mirar como ellos, aburrida de su soledad de hija única. Cada uno de los embarazos de su madre duraba apenas unas semanas. Un hilo de sangre era la primera señal del fin, el preludio del terrible coágulo en que acababa todo apenas unos minutos más tarde. Ese remedo de bebé en miniatura, deforme y teñido de rojo, resbalaba entre las piernas y caía al suelo en un simulacro atroz del nacimiento sin que la mujer pudiera hacer nada por retenerlo dentro de ella.

Ocurrió tres veces en apenas un año. De día Taria se quedaba mirando su cuerpo como si fuera un regalo envuelto y preguntaba, curiosa, cómo hacía el niño para esconderse en un sitio tan pequeño. Se subía a la cama donde su madre pasaba tumbada todo el tiempo y hablaba con su hermano pegando el rostro al camisón. La madre soñaba con todos aquellos bebés condenados a malograrse casi cada noche, como para conjurar el calambre que había empezado a sentir al acostarse. Los niños dejaban de respirar mientras ella se empeñaba en ver sus caras, en imaginarlos riendo con sus boquitas desdentadas, corriendo con esa cara de miedo que da descubrir la velocidad que pueden alcanzar las propias piernas cuando se es tan pequeño como para que todo resulte un gran descubrimiento.

Sus hijos, se atormentaba ella, se ahogaban en el lugar donde debían de haber estado más a salvo, se morían sin nacer. Cuando acababa su convalecencia y al fin podía permanecer sentada en el diván de la sala, Taria miraba con resquemor su vientre plano, el regalo que se había quedado sin abrir.

No pensaron en una cuarta vez. Escribieron a la madre superiora de Santa Vela una larga carta, explicando que querían cumplir el deseo de darle una hermanita a su hija mayor y una vida mejor a una de las huérfanas del convento. Casi tres semanas después llegó una paloma. Era negra como un cuervo y se posó en el ventanal del gabinete donde ella bordaba aquella tarde, igual que un pensamiento lúgubre. Alcanzó a desenredar con dedos temblorosos el cordel que unía la carta de respuesta a su pata derecha y empezó a leer el escueto mensaje escrito en la caligrafía envarada de la hermana Priscia, mientras la paloma emprendía el vuelo de regreso, como un heraldo oscuro.

La monja les agradecía con sequedad la buena obra que estaban dispuestos a hacer al adoptar a una de las pequeñas pecadoras de Santa Vela. Precisaba, sin embargo, la cifra exacta del donativo que era conveniente que entregaran al convento, si querían seguir adelante. A cambio de una cantidad que ayudaría a afrontar los gastos de una nueva huérfana, ella y su esposo podrían adoptar a una de las niñas, pero existía una sola condición que deberían aceptar: ella misma, como superiora del convento, elegiría a la afortunada que los acompañaría en el viaje de vuelta. También quería hacerles una advertencia que deberían considerar. La hermana Priscia se veía en la obligación de recordarles que muchas de las acogidas en el orfanato arrastraban un origen familiar plagado de enfermedades, físicas y del alma; también, a qué negarlo, había niñas que eran hijas de criminales atroces. Las hermanas no se responsabilizaban, seguro que se hacían cargo, de los efectos que pudieran causar aquellas secuelas, a veces invisibles, tan traicioneras, y que afloraban en las pequeñas cuando menos se esperaba,

La madre de Taria se había encogido de hombros, algo temblorosa, y dejó la carta sobre el velador cercano, con el mismo alivio que si el papel ardiera. Al contrario de lo que había supuesto al recibir la respuesta de la hermana a su petición, conforme avanzaba en su lectura había ido sintiéndose cada vez más incómoda.

Recordó de pronto un juego de infancia en el que no había vuelto a pensar en todos esos años. En cierta ocasión, su hermana Eliza la llevó con engaños hasta una de las estancias de la última planta de la casa familiar, la enorme y oscura mansión que a ella le había parecido desde niña un lugar enfermo de tiempo, como Santa Vela. Llena de aprensión había subido hasta aquel desván, a pesar de que las dos tenían expresamente prohibido pisar las habitaciones de aquella zona. Allí estaban las dos, porque era incapaz de hacer oír su voz y se dejaba arrastrar por Eliza en sus juegos alocados, siempre al borde mismo de un precipicio peligroso al que disfrutaba acercándose con ella. «¿Ves esa puerta? Hay un ángel al otro lado, como ese de cristal que tanto te gusta colgar en el árbol por Navidad, pero tan alto como papá o más, ¿no me crees?, ve, tonta, ve y lo verás», le había susurrado Eliza, con el tono que siempre empleaba para convencerla, un murmullo dulce y peligroso, tan parecido a un ruego como a una amenaza, que ella había aprendido a temer. Una vez más había caído en la tentación de confiar en su hermana y se había acercado al sombrío portón, creyendo a medias que en esa habitación olvidada la esperaba un ángel reluciente y frío como una estatua de hielo. Quería que aquello fuera cierto para ver al ángel, pero sobre todo quería que su hermana no le estuviera mintiendo de nuevo y la dejara colarse al fin en el mundo prohibido de juegos y secretos al que no le permitía acceder, del que la expulsaba con una risa burlona. Siempre sería demasiado pequeña para acompañarla *de verdad,* eso se decía cuando Eliza volvía a tomarle el pelo, pero obedeció de nuevo, aquella tarde en el desván, cuando cruzó los deditos y avanzó, con el miedo de tantas otras veces y la misma loca esperanza. Recordaba con exactitud que había respirado fuerte al coger aliento mientras giraba el viejo pomo de cristal esmerilado sabiéndolo ya, sabiendo lo que iba a ocurrir. La sombra de Eliza, el empujón y la risa. La súbita oscuridad, la certeza de que no había ningún ángel allí, nadie que la oyera gritar con aquella voz que no era la de una niña. Buscó a tientas, desesperada, algo a lo que agarrarse para no caer, pero tropezó con uno de los muebles hostiles, abandonados desde hacía tanto tiempo, una silla alta como un trono, quizá, mientras la llave daba la vuelta a sus espaldas y lo entendía todo. Las carcajadas de Eliza a lo lejos ya eran mentira dentro de ese dormitorio donde no dormía nadie. La negrura en cambio sí era cierta. Respiró el polvo que flotaba en el aire y decidió no moverse, se quedaría quieta para no saber. Esperó. Aguardó de pie, con los ojos cerrados a que la echaran en falta, a que alguien preguntara por ella y Eliza señalara con el índice la escalera. Puede que tardaran muy poco tiempo en rescatarla del desván, pero ella sintió que había pasado allí una noche entera, aterida de frío y miedo, incapaz de reunir el valor necesario para gritar o aporrear la puerta. Contuvo la respiración para no sentir el sudor húmedo que emanaba de la habitación tanto tiempo cerrada. Cerró los ojos porque le causaba pavor el contorno sombrío de un maniquí que confundió al principio con el cuerpo de una dama decapitada. Cada cierto tiempo llegaba hasta ella un sonido angustioso, el crujir dolorido de la madera de todos aquellos muebles desechados que parecían sufrir el encierro como las almas en pena de la casa. La aterraba sentir aquel latido inhumano, escuchar a su lado, como una respiración, la queja de una silla desvencijada, el rumor, sí estaba segura de que pudo oírlo también, de la carcoma devorando como una enfermedad incurable el armario de madera casi negro que había pertenecido a su abuela.

Así de cierto era que desde que comenzó a leer la carta sintió que estaba escuchando, muy cerca de su oído, el susurro de una voz de mujer, monótona y envarada como los trazos de las palabras que había escrito. Percibía el tono ineludible de advertencia, se daba cuenta de que haber escrito a la superiora del convento la obligaba, en cierta forma, a continuar adelante con el propósito inicial de quedarse a una de las huérfanas, la que esa mujer desconocida quisiera. De pronto sintió miedo. Quiso quedarse quieta, como aquella tarde en el desván, no moverse en ninguna dirección. Una niña nueva, otra hija, que vendría a llenar el hueco de todos sus pobres bebés muertos. Taria pasó en ese momento junto al diván donde su madre sostenía aún entre las manos la carta de la hermana Priscia. Flotaba envuelta en un tutú negro, ensayando un porté grandilocuente con el que parecía burlarse de los cisnes y las hadas, de la belleza etérea que su profesora de danza perseguía incansable en cada ensayo. Suspiró al ver que su hija le daba la espalda y se alejaba por el pasillo sin reparar en ella, como si fuera un fantasma familiar. A quién se parecía Taria, de dónde había salido esa chiquilla árida y lejana como un país extranjero. Trató de animarse. Leyó la carta de nuevo y creyó ver en esas palabras que hacía un rato le habían sonado como una orden inexorable un hilo sutil de esperanza. Taria dejaría de jugar sola, de crecer sola si por fin se decidían a acatar las normas del convento. Qué más daba si la hermana elegía a la criatura que llevarían consigo, a la que iban a querer tanto como a su propia hija en unos pocos días. Estaba convencida de que amaría sus ojos, el cuerpecillo diminuto, que se acostumbrarían pronto al tono de su voz. Y ella y su esposo se encargarían de que no le faltara nunca de nada, la alimentarían bien, la vestirían y la abrazarían mucho, para que olvidara su vida anterior. Nunca los miraría con odio, nunca encontrarían en el fondo de su voz el rencor de la advenediza. Pronto la llamaría «mamá» y con el tiempo, quién sabe, las dos olvidarían el lugar de donde había salido la niña y cada huella de su pasado.

Mandó a las doncellas que recogieran ropa nueva de Taria, algunas prendas de las que su repentino luto había condenado al ostracismo del armario. Le llevarían vestidos y una bonita capa a la niña de Santa Vela, para que pudiera dejar allí su uniforme tosco durante un tiempo, para que se sintiera tan guapa y querida como su Taria. Lo metieron todo en un pequeño baúl de viaje que un criado cargó en el coche. Escribieron a las monjas en el papel estampado con el escudo nobiliario de la familia, mostrándose de acuerdo con la condición impuesta por la hermana Priscia y el pago del donativo.

Salieron de buena mañana los dos, ella y su esposo, algo taciturno pero deseoso de concederle ese capricho del que parecía depender el fin de la tristeza que reinaba en su casa. Vieron en silencio a Taria, diciéndoles adiós, como una veleta, en lo alto de la balaustrada, esperando circunspecta, con su pamela de pequeña viuda y su traje negro de bailarina, a que volvieran con su regalo.

El cochero agitó el látigo en el aire y los caballos comenzaron a ensayar la extraña sinfonía de un camino yermo. Atravesaron un paisaje enmudecido, abrumado de silencio, en el que apenas crecía nada que no fuera un árbol raquítico abandonado a su suerte, más parecido a un fugitivo en los huesos sorprendido en plena huida por cada viajero que a un vegetal. Santa Vela era, eso dijo su esposo en un momento de aquel trayecto interminable, un lugar perdido en el mismísimo fin del mundo. Y ella sintió que en el fondo de su voz, en la parte más profunda de esa frase dicha casi para forzar el fin del silencio, había un reproche. Miró el perfil de su marido. Pensó que tal vez tenía razón, si es que le parecía innecesario el viaje, un error la adopción de la huérfana. De pronto sintió que el aire mismo se había vuelto denso dentro del coche de caballos. Le costaba respirar y se le secó la boca. Se vio a sí misma al borde del sollozo, casi a punto de echarse a llorar de puro pánico. Sí, era una equivocación, debían dar media vuelta, regresar con las manos vacías, huir de aquel lugar al que se estaban acercando. Estaba a punto de pronunciar en voz alta las palabras, pero entonces el carruaje se detuvo y al otro lado de la ventanilla vio la verja del convento, alta y negra como las letras de la carta de la hermana Priscia. No dijo nada, no se atrevió a hacerlo. Se limitó a esperar, con las manos agarrotadas sobre la falda, mientras el cochero saltaba del pescante y se acercaba a abrirle la portezuela.

Cuando se asomó al exterior vio una nube de polvo deshaciéndose lentamente y al fondo apareció el edificio que la hizo temblar en cuanto lo miró de frente. Cerró los ojos, para no verla del todo, pero ya era tarde. La casa estaba enferma, pensó. Y además era malvada. Una vieja podrida por dentro y por fuera, por toda la envidia y el resentimiento que corroe a quien se siente morir y no entiende cómo la vida puede seguir transcurriendo con la misma calma apacible para todos los demás. «Vámonos», pensó, pero de nuevo fue incapaz de articular aquellas tres sílabas.

No podían marcharse. Divisó el hábito oscuro junto a la verja de hierro de la entrada principal. Ella también los había visto.

La hermana Priscia no estaba sola. Junto a ella vieron una niña diminuta, muy quieta. Su piedad aumentó conforme se iban aproximando, cuando se percató de que a la pequeña le habían cortado tanto el pelo que su cabecita parecía la de un recién nacido. Vio casi al mismo tiempo que otras chiquillas rodeadas de religiosas atravesaban en fila el patio que se veía a sus espaldas, camino de la capilla. Reparó entonces en la sombra rojiza que cubría el cráneo de la primera huérfana de la fila, la única pelirroja del grupo y tuvo que contenerse para no alzar la mano y santiguarse en un gesto reflejo. Su madre le había enseñado a persignarse de niña si se cruzaban con un pelirrojo porque, según decía, descendían del demonio y por eso estaban condenados a llevar a cuestas el rojo abrasador del infierno. Pero la niña de Santa Vela apenas tenía pelo en la cabeza, apenas se adivinaba la huella del cabello que le habían rapado al cero, como a todas las que la seguían. Reparó en la chiquilla que caminaba detrás de ella. Era aún más menuda y estaba tullida. Arrastraba a cada paso la pierna izquierda, delgada como un tallo, pero se esforzaba por caminar al mismo ritmo que su compañera. Admiró de lejos su aire de muñeca, la blancura irreal de su piel. A pesar de la cojera había algo en ella, una gracia inesperada en la forma en que movía los hombros, en la curva del cuello desnudo, que le hizo preguntarse cómo había ido a parar allí. Era una niña hermosa, blanca como un jarro de leche. Por un segundo imaginó que se la llevaba con ellos, que volvía a crecerle el pelo y caminaba por el jardín de la mansión ayudándose de un primoroso bastón de marfil. Pero enseguida desechó la idea. Qué desgraciada iba a ser al lado de Taria, cada vez que la viera bailar envuelta en tules negros, qué dolor cada vez cuando su nueva hermana decidiera ensayar a solas una de sus danzas imposibles. Sintió lástima por aquella criatura desharrapada. «Hace tanto frío para no llevar sombrero», pensó, arrebujándose en su capa de martas cibelinas y girándose de nuevo hacia la hermana Priscia y su futura hija.

Contuvo un suspiro de alivio. Había rezado cada noche para que fuera muy pequeña, para que ellos y sobre todo Taria pudieran acostumbrarse pronto a ella. «Apenas tres años –calculó, fijándose en su estatura y en las piernecitas regordetas–, casi es un bebé.» Y le alegró recordar el olor a almendras y leche caliente que emanaba del cuerpecito de su hija mayor en los primeros meses de vida, aquel aroma que fue desapareciendo poco a poco de la ropa y las sabanitas de la cuna donde dormía Taria, hasta convertirse en un recuerdo que añoraba a menudo.

Comenzó a caminar más rápido, sin preocuparse por el suelo helado, guiada por el instinto. Quería llevarse a la niña de allí cuanto antes, quitarle el feo uniforme de un gris desvaído que arrastraba por el suelo. Le quedaba grande y muy ancho, nadie se había tomado la molestia de arreglar el largo de la falda o estrecharlo. «Es aún más pequeña de lo que parece –se dijo al acercarse un poco más–. Quizá tampoco le sirva ninguno de los vestidos de Taria.» Pensó en todos los trajecitos que encargaría a la costurera en cuanto volvieran, para compensar a la pequeña de toda la miseria de sus primeros años.

Cuando llegaron a la escalinata la hermana inclinó la cabeza y adelantó una mano enorme, en una orden silenciosa. La pequeña obedeció como un perrillo acostumbrado a los gestos imperiosos y ensayó una reverencia torpe, con la mirada baja. Ella sentía muchos deseos de verla bien, de aprender la forma de sus ojos, su diminuta nariz, y hubiera querido pedirle que levantara el rostro y la mirara, pero pensó que aquello tal vez la intimidaría. «Ya cogerá confianza, ya aprenderá a querernos», se consoló. Alzó los ojos y se encontró con los de la hermana Priscia fijos en ella, con una hostilidad que la asustó. La hermana era pariente de la casa, pensó, parecía hecha de la misma materia enferma. Como si el edificio y la monja fueran en realidad dos hermanas perversas que no soportaban que nadie se les acercara más de la cuenta.

«Esta es la elegida –dijo a modo de saludo, cortando el silencio con el filo de una voz demasiado baja, demasiado grave–. Aquí la llamamos Perfección, pero pueden cambiarle el nombre, si lo desean.» Dejó caer la mano grande como una zarpa sobre el hombro de la niña y la empujó hacia delante, para que se acercara a la mujer que iba a ser su madre. Ella sintió que sus ojos reparaban en su figura descompuesta por el largo viaje y que se clavaban en los suyos con la misma frialdad con que la hubieran mirado los fragmentos de cristal de una lámpara. Cayó en la cuenta de que en todo ese tiempo no había pensado un nombre para su nueva hija. Suponía que la niña se llamaría de alguna manera, pero aquella palabra oscura la horrorizaba. Demasiado larga para una chiquilla tan diminuta, tan pesada como una cadena que no quería que arrastrara alguien tan joven. Nada era perfecto en la vida, ni siquiera su matrimonio lleno de silencios, ni siquiera Taria, tan hermosa y tan lejana.

Como si alguien tirara de ella avanzó temblorosa hacia la niña. Se inclinó para acariciar su cabeza rapada, tratando de darle confianza, pero la chiquilla se apartó justo cuando estaba a punto de tocarla, como un animal desconfiado. A ella le tembló la voz al preguntarle si podía llamarla Lanka. Era el nombre favorito de la muñeca de Taria, el primero que le había venido a la mente. Pudo notar el sobresalto de su esposo pero la niña no dijo nada, solo se volvió hacia Priscia como pidiendo aprobación. La hermana movió la cabeza. Lanka entendió la orden y alzó su manita abierta. Su marido supo interpretar las señales antes que ella. Sacó del bolsillo de su abrigo negro el saco de Judas lleno de monedas y se lo entregó a Lanka. Ella vio a la niña darse la vuelta sin dar las gracias ni levantar los ojos del suelo. Le entregó el botín a Priscia y regresó cansinamente a su lado, como si, pensó ella, estuviera cumpliendo a cada paso una penosa labor, sin la alegría que cabía suponer en una niña que al fin encontraba un hogar y podía librarse de aquel lóbrego edificio y su guardiana. Pero entonces, cuando Lanka se detuvo a unos centímetros pudo verle al fin el rostro. La niña alzó los ojos y ella sintió cómo se le helaba la sangre en las venas. Había un grito oscuro en el fondo de su mirada, una súplica silenciosa que ella escuchó con una mezcla de asco y compasión. No eran esos los ojos de una chiquilla, no había en ellos ni rastro de la luz alegre, de la curiosidad inocente que brillaban siempre en los de Taria cuando comenzó a caminar y a descubrir el mundo por su cuenta. Las pupilas de Lanka parecían más bien las de una adulta condenada a algo mucho peor que la muerte. Comprendió entonces que esa criatura no podía tener unos pocos años, que era la víctima inocente de uno de esos juegos extraños de la naturaleza que condenan a unos cuantos desdichados a la vida en una barraca de feria. Ella había oído hablar del circo ambulante y de sus extraños pobladores, pero jamás se había atrevido a acercarse a la entrada custodiada por un charlatán sin escrúpulos y tocado con una chistera grasienta que anunciaba a voz en grito las maravillas que podrían contemplar los paseantes curiosos a cambio de unas pocas monedas. Se decía que allá adentro languidecían encadenados a las rejas de una jaula seres deformes, prodigios que habían sido vendidos por sus propias familias al dueño del espectáculo para que se los llevara lejos y pudieran olvidar que alguna vez habían existido. Su esposo le contó que durante uno de sus viajes que él había entrado en una ocasión a uno de esos circos de los horrores, tentado por el reclamo de un cartel en el que aparecía retratado el famoso hombre elefante inglés. Lo había visto, sí, sentado sobre un montón de paja con su traje de caballero y sus botines relucientes, casi un hombre normal si no se tenía en cuenta la enorme cabeza abombada que era imposible no mirar. Un cráneo que parecía una caprichosa pieza de mármol blanquecino. El hombre elefante saludaba con la mano cuando alguien se acercaba a verlo, intentaba sonreír cortésmente aunque el público silbara o le lanzara manzanas y tenía, eso le había dicho su marido, una mirada llena de inteligencia hacia los que se reían de él que en un momento dado se cruzó con la suya, justo cuando la mujeruca que tenía al lado le puso en la mano una de aquellas frutas verdes para que probara su puntería. El hombre elefante no intentaba moverse para esquivar los golpes y lo estaba mirando con una piedad tan intensa que le hizo apartarse de la jaula, con la insoportable certeza de que allí se estaba torturando a un semejante y no a un monstruo irracional. Pero había más. Le había hablado también de los inmensos gigantones, asustados del griterío de las gentes que se apiñaban en torno a los barrotes de sus celdas, de una pareja de hermanas idénticas sentadas en una bonita silla antigua, unidas por el tallo de sus delicadas cinturas y destinadas a habitar para siempre en la cárcel eterna de una soledad compartida. De la enana adulta vestida con el traje rosa de una niña pequeña que entonaba una nana con su vocecita aguda y parpadeaba sin cesar, remedo grotesco de un bebé que hacía estallar en carcajadas a los visitantes de la feria de fenómenos.

Ella siempre se había consolado pensando que aquellos desdichados no existían en realidad. Los dueños de los circos utilizarían trucos, extraños artefactos, luces y espejos deformantes para crear la ilusión de que estaban allí y respiraban ante el público, pero seguramente eran actores y actrices que engañaban a todos esos bobos sin corazón que necesitaban creer que había criaturas todavía más miserables que ellos en el mundo. Pero Dios, se decía, el padre bondadoso de todos los hombres, no consentiría que ocurriera. Qué sentido tenía que Él permitiera que un cuerpo de mujer alumbrara un monstruo, que otros ganaran dinero y se rieran a costa de esas criaturas sin suerte.

Pero allí, frente a ella, estaba Lanka. Reparó en la piel de su rostro, seca y sin brillo, en el rictus de amargura que se adueñó de sus labios cuando intentó, en vano, devolverle la torpe sonrisa que se le había congelado en el rostro al mirarla. Iba vestida como todas, le habían rapado el pelo como a las demás para que se pareciera a ellas; en algún momento había dejado de crecer pero no era una niña. En el fondo de sus ojos opacos habitaba un animal viejo que la contemplaba con la mansedumbre de un monstruo sometido, con ese miedo incierto del que teme haber quedado atrapado en una de sus pesadillas y no encuentra, por más que busque, la puerta de salida, la forma de despertarse.

Habían echado a andar en silencio hacia el carruaje. Tampoco cruzaron una sola palabra durante el viaje. Afuera oían el incesante rumor del viento y el crujir del látigo del cochero azuzando a los caballos para que cabalgaran más deprisa. Cumplía la orden de regresar lo más rápido que pudieran que le había susurrado su esposo mientras los ayudaba a subir al interior del coche. Porque cuanto antes regresaran a casa, antes se encontrarían a salvo de la fría mirada de Priscia y podrían librarse del hedor a armario cerrado que desprendían las ropas de Lanka, que viajaba sentada entre ambos, callada como una muerta. Sí, claro que sí, en unas pocas horas dejarían atrás el viento gélido y aquel silencio desolador, se dijo. Calculó que llegarían a la mansión a medianoche. Entonces, ellos dos entrarían en la casa con cuidado de no despertar a Taria, mientras el cochero daba de beber a los caballos antes de emprender de nuevo el camino a Santa Vela, con aquella falsa niña como única pasajera, para devolverla a ese lugar del que no debería haber salido nunca.

Doctor Rudin

Los otros dos supervivientes de la peste púrpura le hablaron de ella. Era apenas una niña, hija de dos campesinos que vivían a varias millas del pueblo. Los médicos la había rescatado con vida, pero muy débil, varios días después de que sus padres hubieran muerto, tras contraer la enfermedad que había llegado a la corte a través del puerto, como las sedas chinas y los esclavos que cruzaban el mar camino de palacio.

Habían viajado los tres juntos en la parte trasera de un carromato con los doctores. Nunca les vieron los rostros, ni siquiera las manos, cubiertas por guantes negros. Recorrieron casi todo el país vigilados por aquellos hombres sombríos con máscara de ave. Los médicos rezaban todo el tiempo y les miraban a cada rato el blanco de los ojos y la lengua. Hicieron una parada antes de llegar al hospital donde ellos dos permanecían recluidos desde entonces. A la niña, una chiquilla morena de piel cetrina, la dejaron en un orfanato, porque era la única que no tenía ningún síntoma.

Los dos hombres que habían visto llegar al jinete enfermo nunca se recuperaron del todo de lo que habían vivido en los días de la epidemia. Todo el mundo se encerró en su casa, confiando en que la enfermedad pasara de largo, pero ella se colaba sin esfuerzo por la cerradura de las puertas, por las grietas del granero, por la escasa claraboya de la falsa. «¿Por qué nos hemos salvado nosotros, y nuestras mujeres e hijos no?» Solían preguntárselo cuando recordaban el latigazo fulminante que los había dejado solos. Se miraban el uno al otro como en un espejo que les devolviera la propia imagen. No comprendían del todo su desgracia si no miraban los labios cárdenos del que no eran, si no recordaban que había una mujer joven y varios niños convertidos en pasto de gusanos, en un pueblo lejano. ¿Habían vivido allí alguna vez? ¿Era cierta esa joven con caderas de taza, habían existido, fuera de sus ensoñaciones, esos ángeles rubios que dormían todos en la misma cama estrecha?

La realidad que habían habitado un tiempo se había esfumado y a ambos les costaba recordar cosas tan simples como la fecha del nacimiento de su primogénito, el color de las pupilas de la niña más pequeña. Lo bello se había diluido hasta casi desaparecer o adquirir la apariencia borrosa de un sueño. En cambio, la enfermedad los acompañaba a todas partes. Les había teñido los labios para recordarles su poder, su presencia inevitable. Uno de los hombres cojeaba, porque la peste púrpura le había paralizado una pierna. El otro olvidaba a menudo lo que iba a decir en ese momento. Las palabras se resistían a aparecer cuando debían, se le escapaba incluso su nombre y le sacudía el pánico de no llamarse de ninguna manera, de no ser.

Aquellos dos desgraciados no le servían. Eran supervivientes, pero estaban más cerca de la muerte que les había pasado rozando que de la verdadera existencia. Se agotaban apenas daban dos pasos, vomitaban muchas de las comidas que probaban a darles en el sanatorio, sufrían intolerancia a la vida plena que llevaban antes de que la peste llegara para quedarse con ellos.

El doctor Cosmo Rudin necesitaba a la niña y en cuanto consiguió el permiso en el hospital salió en su busca.

La noche antes de su partida los dos gemelos jorobados a los que él había cosido el tronco para crear unas parejas de siameses se acercaron a su catre en el dispensario y lo miraron con fijeza. «No se te ocurra volver sin ella», le advirtieron a dúo.

Dibujó un mapa con la ruta a Santa Vela y cargó en su caballo castaño una valija con algo de ropa y el maletín oscuro en el que guardaba su instrumental y algunos medicamentos.

En medio de un sendero, sentada sobre una piedra, le salió al paso Mere, la diminuta gitana extranjera que había llegado con toda su familia al campo de trabajo. De los seis miembros del clan, ninguno superaba el metro treinta de estatura y a él le habían parecido un regalo del cielo. Media docena de individuos que reproducían en miniatura perfecta la apariencia de un ser humano, pero que no lo eran, que estaban allí para satisfacer su ansia de conocimiento. Eran músicos ambulantes y Mere danzaba al son de los violines y los cascabeles. Los capturaron los guardias, alertados por el color oscuro de su piel y el marcado acento desconocido. En cuanto los vio, Cosmo Rudin ordenó que fueran ubicados en un pequeño cobertizo cercano al pabellón hospitalario. Fue muy feliz con ellos, pasaba a visitarlos cada día con dos de sus ayudantes más fornidos y ponía a prueba sus teorías. Mandaba a sus enfermeros que inyectaran jeringuillas de agua hirviendo en los tímpanos de los varones del clan, probó a estirar los frágiles huesos de pajarito de Mere mediante un ingenioso mecanismo de hierros y piedras que funcionaban como contrapeso cada vez que la muchacha se movía. Ella había sido la que más tiempo aguantó.

Y ahora lo fulminaba con el relámpago verdoso de sus enormes ojos, sentada en su camino, palpándose con la manita de color café el armatoste de metal con el que había dormido y trabajado durante meses enteros, hasta que cayó rendida en la cantera. La pequeña gitana susurró unas palabras en su extraña lengua cuando pasó junto a ella, fustigando al caballo para apretar el paso, procurando no mirarla.

«Hazlo o no tendrás paz.»

Tenía que encontrar a la niña que venció a la peste y descubrir qué había en ella que la había librado de morir como a todos los demás. Y se lo fueron recordando, a lo largo del viaje, todos y cada uno de los prisioneros del campo de trabajos forzosos a los que él había tratado, tantos años atrás.

Rudin llegó a caballo a Santa Vela con su imponente capa negra de médico. Golpeó decidido la mano crispada de la aldaba contra la puerta del orfanato. En el portón se había abierto entonces una estrecha ranura rectangular. Al otro lado apareció el ojo de cíclope de la monja que vigilaba la entrada y él se había presentado como un viajero llegado de lejos que deseaba hablar con la superiora del convento. La pupila de color piedra no parpadeó y una voz neutra, atrapada en la celda de la mirilla, respondió que no se permitía la entrada de hombres al convento.

Pero el doctor Rudin no cejó en su empeñó. La obstinación que había aprendido en sus largas noches de insomnio en el laboratorio le hizo cabalgar hasta el pueblo y buscar una posada, donde pensaba hospedarse hasta que aquella mujer le consintiera ver a la muchacha.

«¿Vienen a buscar a muchas niñas a este lugar, buen hombre?»

El anciano encorvado que le sirvió la sopa de cebolla y la jarra de vino que cenó esa primera noche no contestó. El doctor Cosmo Rudin pensó al principio que el tasquero estaba sordo y repitió sus palabras. El posadero no se inmutó. Se limitó a llenar la jarra de un vino pesado y oscuro mientras clavaba en sus ojos unas pupilas casi blancas.

El sueño tardó en llegar aquella noche. Desvelado, el doctor Rudin intentaba reconstruir tumbado en la cama de su humilde cuarto aquellas extrañas charlas que había mantenido en el sanatorio con los dos pacientes de la peste púrpura.

Durante el viaje, la chica se desplomó en al menos tres ocasiones. Ocurría de pronto, como si alguien le disparara desde lejos con un rifle invisible. Después no se movía en un buen rato. Una vez, recordó el que tenía los labios más oscuros, del color de los de un niño que se ha atiborrado de arándanos, la niña había caído del pescante y pasó tendida en el suelo tanto tiempo que los hombres pájaro estuvieron a punto de certificar que había muerto. Uno de ellos llegó a trazar en el aire la señal de la santa cruz, el otro subió con un salto de gato al carro en busca de una pala. Pero la pequeña había sacudido la cabeza, como si quisiera escapar de una pesadilla, y se incorporó a medias. Los miró, aún remota, alejada del mismo mundo de los cuatro viajeros restantes. Luego se puso en pie, se sacudió la falda de su camisón blanco y dejó que la ayudaran a subir. El hombre pájaro la cogió en brazos y le ordenó que se tumbara en el suelo del carromato, para evitar otra caída.

«Te has debido de quedar dormida. Mañana te dolerá todo el cuerpo por el golpe.»

A la mañana siguiente, en cuanto amaneció, Cosmo Rudin sacó una de las dos camisas limpias de la valija que había llevado consigo. La prenda inmaculadamente blanca como su bata de doctor resplandeció en el centro de aquella habitación lóbrega y no muy aseada, dando la razón a sus pensamientos. Él era la autoridad, se dijo, él convencería a la monja que estaba al frente del convento, seguramente una simple mujeruca temerosa de Dios, de que el destino de la niña no era continuar en un orfanato. Un hombre de ciencia, un reputado doctor en antropología y cirugía que lo había visto casi todo, se había interesado en ella. Pagaría, sería generoso. No se haría de rogar y entregaría la bolsa de cuero que serviría para arreglar el tejado principal de aquel monstruoso edificio, o para mantener al resto de las huérfanas durante todo un año.

Moira era el nombre de la niña. Uno de los dos pacientes de la peste púrpura se había encogido de hombros cuando le preguntó si tenía algún dato más sobre ella. Ninguno de los tres cruzaron una palabra durante el viaje que los alejaba del pueblo en llamas que dejaron tras de sí los hombres pájaro. Sospechaban que a la chiquilla le pasaba algo raro y se detuvieron en Santa Vela para que las monjas se la quedaran. Ellos habían llegado al sanatorio donde permanecían desde entonces, sin terminar de curarse del todo, enjaulados en un cuarto, aislados de todos los demás pacientes. De vez en cuando llegaba hasta allí un médico extranjero, un amante de las rarezas que les extraía sangre usando sanguijuelas y espiaba el blanco de los ojos de ambos con saña de matarife. Habían perdido la esperanza de recuperarse y de volver al mundo exterior. Apenas se aventuraban al patio y nunca se alejaban de la puerta principal. Caminaban rodeando el muro que aislaba el hospital hasta que sus pulmones agotados les impedían seguir. Habían llegado a sincronizar sus vidas como un reloj. Los dos tosían al mismo tiempo, sufrían insomnio y jaquecas a la vez, deseaban la muerte cada vez con más frecuencia. Nadie deseaba que sanaran y se habían resignado a volver lentamente a su pequeña celda, arrastrando los pies, después de cada inspección. Habían sobrevivido y ese era el precio que debían pagar.

El doctor Cosmo Rudin, tan famoso en cierto campo de trabajos forzados que le había permitido avanzar prodigiosamente en sus investigaciones, se personó por segunda vez ante la puerta de madera casi negra del orfanato y volvió a golpear la aldaba, apretando el puño cerrado de madera con su propia mano cerrada. Solo entonces, cuando el ojo de la cancerbera apareció al otro lado, supo lo que iba a decir a continuación.

«Abran. No soy un hombre, soy un doctor. Vengo a hablar con la superiora. Es una cuestión de vida o muerte. Todas ustedes están en peligro.»

El ojo turbio de la víspera desapareció de la mirilla y dejó tras de sí un silencio teatral. Después de un instante de duda, Rudin interpretó que la falta de respuesta de esta vez significaba que la portera había ido a comunicar su mensaje a la superiora y esperó. Y sí, entonces el portón se abrió con un chirrido doloroso. En el umbral apareció una figura sin rostro, cubierta por un velo y envuelta en un holgado hábito negro que difuminaba cualquier límite corporal. Aquella sombra oscura le dio la espalda y comenzó a caminar a través de un inhóspito atrio. Rudin se estremeció, pero cruzó tras ella aquel claustro que desembocaba en un interminable pasillo. La monja no se volvió una sola vez para comprobar que la seguía a una estancia de la planta baja, o eso le pareció, porque lo cierto es que, a pesar del proverbial sentido de la orientación que Cosmo Rudin poseía, algo extraño había ocurrido en el momento en que cruzó el umbral del edificio. La hermana que lo guiaba con tanta desgana y él atravesaron pasillos, cruzaron puertas, subieron escaleras y volvieron a bajarlas. «Como en un sueño –se dijo Rudin–, este lugar es como una pesadilla causada por la fiebre, una pesadilla en la que por más que avances nunca llegas al lugar al que te diriges.»

La monja guía (¿o fueron más de una, las que surgieron en las sombras de los corredores de aquella enmarañada línea recta que iban trazando durante no podría precisar tampoco cuánto tiempo?) lo llevó hasta una doble puerta que le hizo pensar inmediatamente en la entrada de una iglesia. Pero no encontró una capilla al otro lado, sino una lóbrega sala desierta, húmeda y que olía a agua encerrada, con un enorme escritorio en el centro. La luz había sido clausurada en aquella estancia con enormes y pesados cortinajes negros. Un miserable hilo blanco conseguía colarse en la sala, y caía agónico en la esquina izquierda de la mesa tan desproporcionadamente grande y vacía. Cosmo Rudin reparó en el crucifijo negro que adornaba el centro del escritorio y en la mano de la mujer que reposaba indolente sobre él, como si acariciara el lomo de su gato predilecto.

Cosmo Rudin recordaría toda su vida la única vez que se entrevistó con la hermana Priscia. Cubierta con una toca negra que dejaba al descubierto el óvalo de un rostro desconcertante, las manos alargadas de abanico, muy erguida en su asiento, inmóvil como una esfinge. El doctor se preguntó luego, sin llegar a encontrar una respuesta satisfactoria, si en aquel primer momento el rostro de Priscia le pareció bello o espeluznante, si de verdad era posible que en una misma cara aparecieran a la vez aquellas felinas pupilas amarillentas y los delgados labios de un hombre cruel. Poseía sin duda un raro sentido del humor el creador de esa mujer que parecía mirarlo a la vez desde la indiferencia de quien se asoma a un balcón remoto para ver pasar la vida de lejos y con el ansia burlona de un depredador que sabe disfrutar del miedo que inspira a su presa antes de devorarla.

La mujer no se dignó a despegar los labios al oír su saludo. Tampoco cuando lo vio quitarse el sombrero y presentarse como un reputado médico llegado de la otra punta del país. Algo aturdido por el peso de aquel silencio reprobatorio, Cosmo Rudin permaneció de pie, porque ni siquiera había una silla en la que una visita pudiera sentarse, y procedió a explicar las razones que le habían llevado a emprender un viaje tan largo. La hermana rozaba distraídamente la cruz oscura mientras lo escuchaba y el doctor acertó a comprender, en medio de su perorata, que su situación era muy similar a la de alguien pillado en falta que intenta, sin mucho éxito, justificarse.

Por fin, la hermana Priscia tensó las comisuras de sus labios y juntó las palmas de sus manos.

«Acogemos en Santa Vela a todas las criaturas que el Señor tiene a bien enviarnos. Aquí cada una encuentra su lugar. Si Dios nos la ha enviado enferma, grande será la razón que ha tenido para hacerlo.»

El doctor Rudin parpadeó sorprendido, como cuando acertaba a vislumbrar al otro lado de la lente de su microscopio la siniestra danza de un grupo de bacterias desconocidas.

«No comprendo. ¿Poner en peligro al resto de las niñas y a ustedes, poner en riesgo la labor de auxilio que ustedes llevan a cabo en este lugar, hermana, es una razón justificada para usted?»

La hermana Priscia elevó los ojos al techo de la sala. Cosmo Rudin juraría que miró en una dirección concreta, a algo situado a sus espaldas, tal vez esperando la aquiescencia o las indicaciones concretas de ese superior tan poco compasivo al que parecía entender tan bien. Y las puntas de su media sonrisa le parecieron tan afiladas como sus palabras.

«Morir por nuestro Padre es el premio que nos aguarda a las que solo hemos vivido por él.»

El tercer día Cosmo Rudin se vistió, recogió todas sus pertenencias y salió de la posada, tras pagar con unas pocas monedas su estadía. Encaminó sus pasos a Santa Vela y cumplió cada uno de los pasos del ritual de entrada de los dos días anteriores. Había pasado la noche en vela. No se apartaba de su mente la falsa sonrisa de mártir con la que se había despedido la hermana Priscia. Dio vueltas y más vueltas en el lecho pensando qué podía hacer. Creyó haber encontrado la respuesta con la luz fría del amanecer. Tocó la mano de la aldaba, esperó el crujido de la ranura, vislumbró el ojo de pez de la portera y le habló de nuevo, como el protagonista de un cuento, el caballero que debe repetir tres veces su visita a la torre para llevarse a la dama enjaulada.

La hermana Priscia lo recibió en el claustro interior. Lo esperaba de pie, con su largo hábito y la toca negra del día anterior. Era la mujer más alta que el doctor había visto nunca. Lo miró directamente a los ojos cuando él estuvo a su lado y a esa distancia Cosmo Rudin reparó en los ángulos implacables de su rostro y en la leve sombra azul del vello que oscurecía su barbilla.

«Vengo a reconocer a la muchacha si me lo permite. Solo quiero cerciorarme de que no dejo ninguna enferma de gravedad aquí, y en caso de que así sea, tal vez pueda ofrecer algún remedio. Cumpliremos los designios de Dios, pero ofreceremos alivio a sus criaturas desamparadas. Los dos cumplimos una misión, hermana.»

¿Sonreían los ojos de Priscia aunque intentaran fingir una ira helada? Cosmo Rudin no hubiera sabido decirlo. Fue conducido por otra de las monjas a través del enorme jardín al dispensario del orfanato, un pequeño pabellón aislado del edificio central. Cayó en la cuenta por primera vez de que aún no había visto ni oído a ninguna huérfana. No había niñas, ni siquiera se las podía intuir en ninguna parte. El elefantiásico convento se extendía hasta donde alcanzaban a ver sus ojos, pero ellas no estaban. Tampoco se oía el piar de los pájaros en la hilera de álamos, majestuosos como sacerdotes enlutados, que rodeaban el sendero que desembocaba en la enfermería.

La hermana que lo guio hasta allí le indicó la puerta desvencijada y se quedó fuera, como un oscuro perro guardián. Cosmo Rudin dejó sobre la camilla su maletín y miró a su alrededor con desolación. No había más que unos cuantos frascos de cristal llenos de hierbas en un anaquel, colgado de la pared desnuda. Justo debajo de la única estantería, el pequeño mueble blanco con vitrina contenía algunas tijeras de diferentes tamaños y un bisturí oxidado. Distinguió en el suelo restos de una sangre antigua y un mechón ondulado de cabello negro. El doctor Rudin abrió el maletín, extrajo la bata blanca, su estetoscopio y un par de guantes.

Los dos tenemos una misión.

Cuando la trajeron, el hombre de la bata blanca se arrodilló junto a Moira. Sonrió nervioso al pedirle que abriera la boca. Frunció los ojos y miró dentro, fascinado. Le temblaba la voz al pedirle que se retirara el canesú del uniforme y colocó allí el disco metálico que pendía del cilindro de madera que llevaba colgado al cuello. Escuchó con atención unos segundos, movió la cabeza y masculló algo en una lengua desconocida. Sacó un pañuelo blanco con el que se cubrió la boca, se puso en pie muy rápido, abrió la ventana del dispensario y ordenó a la hermana que los vigilaba desde la puerta que fuera en busca de la superiora. «La niña está muy enferma, me temo, corra, hermana, por amor de Dios. Puede que tenga la peste.»

La vieja monja, una de las guardianas que solían vigilarlas en la lavandería, la miró horrorizada y se apresuró a cumplir el mandato del doctor. Pero Moira no se asustó. No le tenía miedo a la muerte, viajaba a su lado y le había dado tiempo de acostumbrarse a ella a lo largo de aquel viaje con los hombres pájaros y los otros dos habitantes del pueblo que habían sobrevivido. Luego la habían trasladado a Santa Vela. Mida, la que decían que era hija de una bruja, Coro, la niña coja y ella visitaban las tumbas del cementerio de las monjas sin sentir nada que no fuera una enorme tranquilidad. Allí solas podían hablar de todo, imaginar cómo sería la vida fuera, cuando por fin lograran escapar. Y aquella mañana, mientras las dos se ocupaban del primer turno de cestas de ropa sucia del condado en una de las grandes pilas de mármol ovaladas del sótano, habían venido a buscarla. «Resignación, sécate las manos y ven.» Mida la había mirado con sus ojos de dos colores, el azul siempre sorprendido, el negro, el que se le había vuelto oscuro después de una caída, eternamente melancólico, teñido de una tristeza sabia. Por culpa de ese ojo y de su pelo rojo, se decía, la habían incluido en el grupo de las Invisibles al llegar a Santa Vela y cuando las monjas querían insultarla la llamaban «hija del diablo».

«No quiero que te asustes, Mida. Yo me muero a veces», se vio obligada a confesarle una noche, en un susurro. Todas dormían.

La voz de Mida se deslizó desde la litera de arriba.

«No importa, Moira. Hay gente que siempre está muerta.»

A Moira no le daba miedo la muerte, pero sabía que no estaba enferma. En cuanto la guardiana salió, el hombre comenzó a hurgar en un maletín oscuro que había sobre la camilla. Lo vio rebuscar entre frascos diminutos y levantar hacia la luz uno que contenía un líquido cárdeno.

«Beta vulgaris. Sangre de remolacha, un gran reconstituyente para los niños pequeños recién destetados –recitó en voz alta, guiñándole un ojo mientras sonreía–. Nos servirá.»

La hermana Priscia ni siquiera pasó de la puerta para comprobar la gravedad de su estado. Seguramente le bastó con el relato atemorizado de la cancerbera y con atisbar de lejos el tono amoratado de la boca de Moira. El hombre de la bata repitió varias palabras, fiebre, urgencia, peligro. La monja del dispensario regresó con el permiso de la superiora y los dos se fueron de allí sin nada que no fuera su nombre recuperado en la voz de aquel desconocido. Salió de Santa Vela agarrándose con todas sus fuerzas a la silla de montar del doctor, con el sabor rojo oscuro de la remolacha aún pegado a la lengua como un imán. Envuelta en una larga capa negra y en las palabras susurradas al partir, sin mucho convencimiento aún, por el doctor Cosmo Rudin.

«Ya estás a salvo.»

«No miro a veces y creéis que no os veo. Qué criaturas tan torpes, tan ingratas sois.»

Dios contempla su hermoso pecho desnudo en el espejo del dormitorio de Priscia. La mira mientras se viste, siempre de espaldas a Él, como una tímida doncella. «Mi pequeña Priscia, la única que cumple mi voluntad sin pensar en nada que no sea complacerme. Me mira y me ve porque quiere verme en cada rincón de este lugar. Se ha entregado tan por entero que no sabe ya dónde acaba ella y dónde empiezo yo. Pobre Priscia, quién diría que solloza como chiquilla ansiosa cuando rozo con mis dedos la larga toca que ella siente como su cabello, la falda del hábito que es su piel. Priscia no se desnuda si no es para mí, en la celda del espejo vuelto a la pared. Solo Yo me miro en ese estaño. Solo Yo existo en él.

»Deja que vayan, Priscia.»

Ella lo mira perpleja. Sus pies asoman, desnudos, bajo el hábito y Dios siente cómo se despereza la parte de hombre que hay en Él.

«Deja que salgan de aquí, que crean que han escapado. No lo harán, no van a salvarse del todo. Y ahora vuelve a la cama.»

Priscia se tumba a su lado y Dios mira vagamente el futuro de los dos fugitivos. Piensa en ese hombrecillo temerario, en la feroz lucha que le aguarda. Mientras Priscia levanta sus faldas con manos temblorosas Dios se recrea en el combate que librará Cosmo Rudin contra sí mismo desde este mismo instante, cada vez que la mire y una voz en su interior le pregunte por qué ella sigue viva, por qué su sangre se salvó del veneno. «Ya verás, amada hijita, abre los ojos y verás como Yo que no pasará mucho tiempo antes de que el buen doctor recupere sus sanguijuelas y adorne con asquerosas lenguas oscuras la piel blanca de la niña que ahora quiere, tan desesperadamente, salvar. Qué placer, qué goce supremo, mi adorada hija, ver cómo sin saberlo, la ha convertido ya en su próximo experimento.»

LA AMADA

Pola, la bella

Aquella mañana habían decidido cortarle el pelo a la recién llegada delante de todas las huérfanas y las hermanas, como siempre que una de las monjas más jóvenes tomaba los hábitos. Cuando las viejas se detuvieron a su lado y una de ellas obligó a Pola a arrodillarse, la novicia encargada del sacrificio, que era tan feliz paseando a solas por el patio mientras recitaba sus oraciones en voz baja, miró con horror lo que debía hacer, como si solo cuando estuvo enfrente a la muchacha que iba a ser castigada hubiera entendido el papel que le tocaba representar en esa historia. La monja joven y flaca miró al cielo con los ojos muy abiertos, tal vez esperando instrucciones, dispuesta, pese a todo, a cumplirlas. Le temblaba la mano con la que acercó las tijeras al rostro de la prisionera, pero después ya no se detuvo. Cortó torpemente su trenza de raíz; una larga trenza verdosa que dejó caer al suelo. Coro y Mida vieron cómo los gruesos mechones iban amontonándose, acompañados de un siseo metálico. Nadie decía nada, las niñas miraban, porque sabían que era mucho peor si las sorprendían bajando la cabeza o cerrando los ojos. La joven arrodillada tampoco se movió ni despegó los labios. Pero cuando la novicia levantó las tijeras como señal de triunfo, «Y tu nombre será Modestia», alzó el rostro y miró a la joven monja, igual que miran las criaturas de ciertos lienzos a quienes se detienen un instante a contemplarlas. De rodillas en el patio de los sacrificios, se convirtió en un cuadro. A Coro y a Mida les pareció que el rostro ovalado de Pola resultaba aún más hermoso sin el adorno innecesario de la cabellera, por más que las entristeciera tanto mirar esa mancha verde oscura en el patio que de lejos podía confundirse con la sombra inmóvil de un animal muerto.

Nunca se había visto en Santa Vela a una muchacha como aquella, la del pelo verde y los ojos que recordaban a un vaso lleno de un extraño licor dorado y rosa. Las jóvenes que las familias ricas legaban al convento eran, por norma, las menos agraciadas de su linaje, las que no importaba tanto que murieran sin concebir herederos. Algunas nacían marcadas, mostrando en la piel del rostro la horrible flor del antojo más oscuro que se había apoderado de sus madres durante el embarazo. Otras se habían accidentado de niñas al caer de un columpio y arrastraban una piernecita flaca y ajena al resto del cuerpo. Iban a parar allí las que nacían demasiado oscuras para el gusto de los caballeros, las que bizqueaban obstinadamente, las que parecían torpes bocetos de sus hermanas y desentonaban de forma lamentable en el retrato de familia.

Desde que llegó al convento, Pola se convirtió en la protagonista de cada día en la vida de Coro y Mida, que la seguían de lejos como dos cachorros enamorados en cuanto lograban burlar la vigilancia de las hermanas en el lavadero. Podían pasar horas hablando de la joven de la cabellera de algas, imaginando de dónde venía, por qué su familia había decidido encerrarla en un lugar como Santa Vela, cuál era la razón de que nunca hablara con nadie. Apenas podían mirarla unos segundos, pero cualquier minúscula fracción de tiempo les bastaba para evadirse de la agotadora rutina diaria, del atroz peso de su encierro. De noche, en un susurro, jugaban hasta que se dormían comparando a Pola con las pocas cosas buenas y hermosas que recordaban de su vida antes de Santa Vela.

«Es como era beber un trago largo de agua fría en la fuente de un jardín al que has entrado sin que te vean sus dueños.»

«Es como era comer tantas moras seguidas que sentías que todo se estaba volviendo de color violeta a tu alrededor.

Y entonces el sabor dulce estaba en tu boca tanto como en tus ojos.»

«Es como era mirar el caparazón de unos escarabajos rojos que marchaban en fila por delante de la choza donde vivía de niña. Eran doce, ni uno más ni uno menos, rojos y brillantes. La luz temblaba en sus cuerpos como si viajara sobre ellos. Podrías haberte hecho joyas con aquellos escarabajos.»

«Es como era acariciar el vestido de novia de mi madre. No. Es como acariciar el rostro de mi madre muerta y vestida de novia, tendida sobre su cama.»

«Es como es soñar que un rayo partirá en dos este lugar y que la hermana Priscia morirá atravesada y las puertas se abrirán solas, como las del cielo, y echaremos a correr fuera de aquí.»

Les parecía magia pura el silencio de Pola. Todas callaban por obligación, matar sus voces era una forma de acabar con ellas, la primera que aprendían. Las palabras habían sido enjauladas dentro de cada una de las huérfanas y solo a veces se les permitía salir de su prisión, amaestradas en forma de rezo. Pero Pola no daba los buenos días, no rezaba. La razón de su mutismo era un misterio para las dos niñas, que algunas noches también jugaban a inventar por qué permanecía tan callada y el motivo que la había llevado hasta Santa Vela. Tumbadas de noche en los catres del dormitorio, Mida susurraba la historia a Coro, maravillada de todo lo que era capaz de saber de Pola, si cerraba los ojos.

La comadrona casi dejó que la niña se le resbalara de entre las manos al verla salir de entre las piernas de su madre, tan limpia como un pez de plata. La mujer no era una principiante, había asistido a todas las parturientas de la región desde hacía quince años y siempre se compadecía del aire de náufragos arrojados a la tierra desde el mar de la mayoría de los bebés. Corría a lavarlos y a envolverlos en un paño blanco, para que aquellas crías indefensas recuperaran cuanto antes la ilusión de que el cuerpo de su madre los protegía de nuevo. Pero cuando la metió en el barreño de agua tibia y perfumada con hojas de lavanda Pola no parecía regresar de un naufragio atroz, como casi todos los niños. No tuvo que retirar de la piel dulce de su cuerpo hilachas de placenta, restos de la sangre materna. Pola no sufrió al respirar por primera vez el aire de este mundo. La comadrona siempre diría que para ese bebé nacer había sido como despertarse. Pola había mirado a la mujer que había asistido a su madre como se miran dos viajeros que coinciden en un vagón y le sonrió, con esa cortesía secreta que guardan entre sí algunos desconocidos. Nadie la vio llorar, ni entonces ni nunca.

Se quedaba quieta y callada desde niña, mirando a los adultos que la rodeaban con una expresión remota que era difícil descifrar. Guardaba silencio, escuchaba, obedecía. Le gustaba jugar sola, apartada de sus dos hermanas mayores, Prune y Poena, mirándolas de lejos, con la misma curiosidad de una niña extranjera, como si cada tarde olvidara que ellas eran su familia, como si acabara de verlas por primera vez y no se atreviera a acercarse. Le gustaba sentarse en el frío suelo de mármol de la sala, hacer y deshacer con sus deditos la sedosa trenza verde una y otra vez. En ocasiones una doncella la sorprendía lamiendo el vidrio del ventanal o dando vueltas sobre sí misma a lo largo del pasillo. Pola, quizá, era un poco retardada, sospechaba su madre, que relacionaba la extraña manera de comportarse de su hija con un sueño que había tenido durante su tercer embarazo.

Una noche, cuando ya quedaban apenas unas semanas para dar a luz, se vio a sí misma en su habitación, tumbada en la cama. Toda la estancia estaba llena de flores raras, grandes, que se movían alrededor de su cuerpo mientras dormía, en un sinuoso ballet de hojas. Sintió sorpresa, dentro del sueño. Las flores, insensatamente grandes y blancas, se habían adueñado de cada hueco de la habitación donde la mujer embarazada de su tercera hija se veía dormir dentro de un sueño, se acercaban estirando sus largos tallos, rozando con los pétalos helados su rostro febril. Dormida, se estremecía y pataleaba cada vez que una de las flores se inclinaba sobre el lecho y le susurraba, con un rumor de hojas, el nombre que debía ponerle a su hija.

Al despertar por la mañana, la habitación olía levemente a jardín recién regado. Confundida, se incorporó en la cama, aspiró el olor a hierba mojada, el aroma punzante de las adelfas. La palabra le subió a la boca, como una náusea, y se oyó pronunciarla, traducirla con su propia voz y traerla de vuelta al mundo real. «Pola.»

Quizá Pola era en realidad la criatura soñada por las flores. Eso pensó a menudo, cuando la observaba y no podía dejar de notar las diferencias que había entre ella y sus hijas mayores. Sentía temor por la lejanía de esa niña reservada y de sonrisa amable, que jamás le reclamó un beso ni estiró sus bracitos para atraer su atención. Sentía, también, el orgullo de un jardinero que observa a través del cristal del invernadero la más hermosa de sus criaturas, una rosa verde que causaba admiración en todo aquel que la miraba.

Pero cuando creció fueron enamorándose de ella todos los hombres de la región. Todos, incluido su padre, que acabó disparándose un tiro en la sien durante una partida de caza para no cometer un despropósito, la tercera mañana en que al mirar a la menor de sus hijas durante el desayuno sintió una zarza de espinos en la garganta.

La desgracia cayó sobre el resto de la familia como un manto oscuro a partir de entonces. El dolor por la incomprensible muerte del padre, los vestidos negros y susurrantes de la madre, los muebles tapados del gabinete que aún olía a tabaco de pipa habitaban la misma casa que la belleza vegetal de Pola, aquella niña que parecía hacerse aún más hermosa en medio de la tragedia, como si la misma tristeza fuera el único alimento que necesitaba.

En medio del luto, la vida se abrió paso. Pronto, fueron los caballeros que rondaban a sus hermanas mayores, Prune y Poena, quienes cayeron rendidos ante su hermosura de flor desconocida. No fue culpa de nadie. Las dos muchachas eran bellas, destacaban como bailarinas y esperaban hacer una buena boda, acorde con sus innegables talentos. Pero cada caballero prometedor que llegaba hasta la puerta dispuesto a presentar sus respetos dudaba del propósito que lo había llevado hasta allí en cuanto veía a la pequeña Pola jugando entre los arcos del patio o peinando junto a una de las ventanas del piso superior sus rizos color esmeralda. En el mismo instante en que la niña del pelo de hiedra aparecía en escena arrastrando con languidez la falda de uno de sus vestidos verdes, se paraba el reloj de bolsillo de cada invitado, se truncaba de golpe una historia de la que apenas se había comenzado a escribir el título. Todos dejaban de ser conscientes de dónde estaban y a todos les dolía el pecho como el cristal de una ventana atravesado por un rayo, cuando dejaban resbalar la mirada por el rostro indescriptible de la muchacha que iba a ser su cuñada.

Las primeras veces, ni Prune ni Poena acertaron a comprender por qué aquellos muchachos se levantaban de la mesa a los postres, dejando caer la servilleta al suelo, besando con torpeza sus manos antes de salir, sin dar ninguna explicación sobre su brusca partida. Tampoco sabían por qué unos días después alguien los descubría rondando a caballo las cercanías de la casa, asomándose a la reja de hierro, alzando los ojos, como buscando algo en una de las ventanas de la segunda planta. Tardaron un tiempo en advertir que sus pretendientes volvían para mirar a Pola mientras se arreglaba el cabello, sentada en la galería de su dormitorio. Ambas repararon a la vez en la anormal belleza de Pola, en cómo brillaban sus rizos de esmeralda y los ojos de vidrio, en el extraño resplandor de sus hombros redondos. Justo en ese instante contrajeron una enfermedad llamada envidia, de la que nunca se recuperaron. La envidia las hirió con una amarga ceguera y endureció sus labios en un rictus severo de solteronas precoces. Ninguna de las dos pudo mirar de nuevo la cara de su hermana sin detestarla, como mira el guerrero sanguinario el territorio inocente que desea con toda su alma someter y arrasar. Y el odio alquitranado de aquel mal que surge siempre de la contemplación de una hermosa criatura envenenó su torrente sanguíneo, se apoderó de cada rincón de sus cuerpos y de sus almas. La envidia les arrancó a tirones la luz del cabello y el rostro, las dejó entrever cada vez que se asomaban a un espejo a las viejas que habrían de ser en apenas diez años. Enfermó sus huesos y sus pensamientos como un aire gélido que las hacía temblar de frío incluso en los días más templados y sentir el sabor agrio de la bilis después de cada comida.

Ni la sensata Prune ni la dulce Poena volvieron a sentir un momento de paz en toda su vida, sobre todo cuando tiempo después los pretendientes se presentaban ante el porche de la casa sin molestarse ya en disimular que era Pola quien los había llevado hasta allí. Rabiosas, las dos hermanas mayores tramaron una terrible alianza contra su enemiga. Iba a ser, lo sabían, una encarnizada batalla. De noche, en la alcoba de Prune, ensayaron sus argumentos a media voz, sentadas en cuclillas sobre la cama.

Había que convencer a su madre, anonadada desde la muerte de su esposo, de que el rostro y el cuerpo de Pola eran una maldición diabólica que a la larga causarían la perdición de toda la familia. Las dos se quedarían solteras por su culpa cuando empezaran a sucederse los duelos entre los caballeretes celosos que se apostaban bajo el balcón de su dormitorio noche tras noche para disputarse sus atenciones. Después de la primera muerte de un enamorado llegaría encadenada la segunda, y otra más. Pronto nadie querría saber nada de ninguna de ellas y la desgracia las dejaría aisladas a las tres. Se hacía necesario tomar medidas, evitar, decían mientras juntaban las palmas piadosamente o acercaban las sales al rostro sofocado de la madre, un mal mayor. Los encantos de Pola eran peligrosos. Debían apartarla de la vista de quienes no sabían controlarse en su presencia, turbados por aquella escandalosa belleza, con la que el demonio había maldecido su hogar.

La madre tembló. Aprovecharon entonces para asegurarle que el rostro de Pola aparecía retratado ya en decenas de medallones de plata y relojes de bolsillo de hombres casados de la zona. Que innumerables damas habían aprendido a odiarla sin conocerla, porque a menudo su perfil aparecía oculto en un guardapelos, entre un legajo de documentos, dentro del último cajón del escritorio de sus esposos. El odio hacia su linaje crecía como un enjambre invisible desde hacía tiempo, a lo lejos, por encima de sus cabezas. Cada vez más alteradas, insistían en que su hermana pequeña merecía recibir un escarmiento, pero la pobre madre se resistía a castigar a Pola por peinarse junto a la ventana o mirar con los ojos que Dios le había dado. La madre cabeceaba. Le venía a la mente la imagen de su hija pequeña, recién nacida, con su inexplicable cabellera del color de las monedas que duermen en el fondo de un estanque. Su hija, cachorrito ciego que sin embargo sonreía, sin saber de la perfección de sus labios diminutos. La madre acarició aquel recuerdo, rememoró el latido suave de la vida, que necesitaba escuchar a cada segundo, para asegurarse de que aquel bebé era real. Las dos hermanas adivinaron su flaqueza y volvieron a la carga, infatigables, tirándose del cabello, gimiendo como poseídas.

«Había que hacer algo.»

El rencor de sus voces fundidas en una sola se coló en el sueño de Dios, como el graznido incómodo de un cuervo que parte en dos una hermosa tarde de siesta, en medio de un prado. Intentó alejar de un manotazo aquel molesto rumor, pero no lo logró. Había un odio desesperado que parecía infinito en cada reproche de Prune y Poena. Con un ojo aún entornado, Dios dejó que fuera alejándose su denso sueño de creador y comenzó a interesarse en lo que escondían aquellas palabras cargadas de veneno. Nada le gustaba más que descubrir las miserias de sus criaturas, le divertía saberlas así de desnudas ante él, que todo lo podía. Las dos hermanas acechaban a la madre, la atormentaban con aquellas acusaciones que hacían que la mujer se tapara los oídos y cerrara los ojos. Divertido, Dios las veía ir y venir, gesticular señalando el piso de arriba y fingir un llanto débil con el que intentaban esconder la bilis que trepaba por sus tripas, como un tumor.

Llegó a tiempo de ver cómo la madre dejaba de luchar. Los cascos de los caballos retumbaban allá afuera, llegando de lejos, como el eco multiplicado del latido atronador de todos aquellos corazones que pertenecían a Pola. Al mirar a sus hijas mayores, convertidas en las solteronas amargadas de un viejo cuento, sintió el dolor de haberlas traído al mundo para que sufrieran tanto. Lamentó para sus adentros la alegría cristalina que parecía habitar en los ojos de su hija menor, que alentaban, sin saberlo, a todos aquellos jinetes que venían a verla, solo a verla. La madre dejó caer sus manos y se rindió. Bajó la cabeza, volvió a su bordado. Enhebró la aguja y pensó que en los días siguientes se refugiaría en aquella corona de hiedra, en los quince tonos diferentes de hilo verde de su costurero. Se resguardaría allí, como bajo un alero en plena tormenta, hasta que ellas saciaran su sed y volvieran a ser las de antes. Las hermanas salieron del gabinete de su madre. Prune con las palmas juntas, a la altura de la falda. Poena como una sombra que dejó cerrada la puerta a sus espaldas.

Para entonces, Dios ya deseaba ver a Pola. La belleza es un veneno que cualquiera se muere por probar. Dios quería adelantarse, mirarla a solas, adueñarse de ella, que era capaz de poblar tantos pensamientos a la vez, de pasearse desnuda, vestida, de asomarse a una ventana, de alzar los ojos y clavarlos como una lanza mortal en el comensal de enfrente. Dios quiso saber quién era aquella que iba sembrando cataclismos invisibles cada vez que respiraba, sin que Él tuviera nada que ver.

Ni Prune ni Poena llegaron a sospecharlo nunca, pero subieron los dos tramos de peldaños de la escalera que conducía al dormitorio de su hermana varias veces. Siete, ocho, quizá nueve. Dios hizo que repitieran el trayecto como si fuera el extraño castigo impuesto por su institutriz. Las dos subieron, comedidas al principio, erguidas, sin perder la compostura que obligaba a dar pasos breves y ligeros, la frente baja, los ojos en el silencioso peldaño de roble. Más agitadas conforme el itinerario dejaba de cumplirse en el último, allá arriba, junto a la puerta de Pola, y comenzaba de nuevo con ellas allá abajo, mirando sin entender nada a través del hueco de la escalera el segundo piso que parecía tan lejano de puro deseado.

Pero es que Dios no tenía bastante. Las hizo subir y bajar todo el tiempo. No le bastaron esos segundos arañados al tiempo, por eso le dio la vuelta y jugó a volverlo boca abajo. La había olido a lo lejos, a través del corredor inmaculado, que en realidad no olía a nada que no fuera el agua jabonosa que llenaban los barreños con la que las doncellas limpiaban el suelo cada mañana. Solo Él podía intuirla, rastrear la clorofila de sus cabellos. Dios cerró los ojos al cruzar el umbral. Quería prolongar un segundo más la contemplación del cuerpo tendido sobre la cama, pero las hermanas alcanzaban ya el último escalón, podía oír su respiración agitada. Fastidiado, pestañeó para que bajaran de nuevo y volvieran a subir una vez más. Dios miró y se recordó a sí mismo, hacía tanto tiempo, deleitándose en el mundo recién creado, cuando había tanta esperanza en cada pequeño rasgo del universo. Dios miró un insignificante cuerpo humano y tembló, porque Él ya no era capaz de crear algo así. Le faltaba inocencia, verdad, la esperanza precisa de otro tiempo. Descubrió justo entonces que podía marearse, sentir el vértigo que le muestra a cada pequeño ser humano las miserias de su condición de mortales. Dios debió apoyarse en el marco de la puerta para no perder el equilibrio, embriagado ante la sinuosa perfección de una niña. Y justo después de tomar conciencia de su debilidad llegó la vergüenza, al sospechar que alguien podría estar mirándolo, que tal vez otro dios, en alguna parte, se mofaba de él viendo cómo perdía su porte majestuoso y casi se desvanecía ante la desnudez de una mujer. Volvió la ira, la cólera que en otras ocasiones le había hecho barrer del tablero todas las piezas de un país. Frunció el ceño y temblaron todos los cristales del piso superior. Quién había sido. Quién se había atrevido a desafiar sus leyes, a crear por encima de su voluntad, de dónde había salido la joven que dormía, que le hacía sufrir tanto en un segundo, que le mostraba la atrofia de su bondad, la pereza que le había ido invadiendo, las negligencias que se habían ido adueñando de él, quién jugaba a ser su doble, quién había actuado suplantándolo como ser supremo.

Quién.

Dios alzó la cabeza, aguzó el oído, intentó saber si andaba cerca aquel impostor. Levantó el puño, amenazando al cielo. Le juró venganza a su sombra. Prometió que iba a arrebatarle a la muchacha del inexplicable pelo verde, que sería suya en menos tiempo del que tarda en convertirse en estatua de sal una mujer demasiado curiosa.

Nunca le había ocurrido a Dios nada tan ajeno a su voluntad como enamorarse de aquella simple mortal. Una noche de un insomnio cósmico, aterrador, la certeza lo sorprendió con un brillo fulminante y, al comprenderlo, Dios parpadeó confundido, mirando el cielo casi negro, y se encontró echando de menos ser diminuto, sufrir un pequeño dolor de ser vivo y no aquella asfixia de bestia mastodóntica que le hacía padecer también a Él, nada menos que a Él, la falta de aire, el pataleo enloquecido de un corazón atrapado entre las estrechas paredes de un cuerpo, la erección violenta, una sed de ella que lo ponía al borde del llanto. Sufrimientos que su grandeza elevaba a una potencia desconocida, infinita, desde que ella llegó al convento.

La miraba como a un paisaje insólito al que parecía imposible acceder, por más que se encontrara a apenas unos pasos de distancia. Otras veces se debatía en la pura contradicción. A ratos la seguía por el patio, engreído al saberla encerrada en esa jaula a la que Él podía asomarse cuando quisiera. Era suya y allí estaba para que Él pudiera mirarla a todas horas, caminando por el atrio en dirección a la capilla, o dormida en la madrugada, como un animal olvidado de sí mismo, un milagro de hermosura que ni el pelo cortado a trasquilones ni el tosco camisón lograban ocultar. Podía alargar su vida hasta los doscientos años o matarla en un segundo. Se dejó llevar por el dolor gozoso y humano que sentía en el centro mismo del pecho si se arrodillaba junto a su camastro y la miraba sin que ella notara que respiraba a unos centímetros de su rostro. Qué cosa es la belleza, se decía, confundido, que es belleza incluso en la oscuridad más profunda y lo es tanto para el olfato o los dedos como para los ojos.

Estuviera donde estuviera durante el día, Dios volvía a Santa Vela al anochecer. Se paseaba por el dormitorio común de las novicias cuando ya se habían apagado las luces. Disfrutaba la impaciencia que le hacía respirar agitado, mientras recorría el pasillo de jergones buscando el suyo, olfateando el aire como un sabueso enloquecido que debiera encontrar el rastro de vuelta a alguna parte. Se arrodillaba a su lado y olía la piel fría y suave del rostro sereno, entregado al sueño. Maravillado por aquella textura que no recordaba haber creado, las yemas de sus dedos acariciaban a alguien por primera vez, porque ahora necesitaba tocar, Él que desde la noche del mundo usaba las manos para palpar sin miramientos, para arrancar de cuajo. Sus manos eran armas, arcos precisos, pero los pocos meses que Pola permaneció internada en Santa Vela se descubrió amagando gestos en el aire, cercenando la brusquedad, conteniendo zarpazos, recorriendo el camino hasta su cama porque necesitaba dibujar con el índice la línea de las pestañas verde hiedra, el arco sedoso de sus párpados, el lóbulo delicado de una oreja que las tijeras dejaron al descubierto. Pola dormía y Dios se olvidó del mundo muchas madrugadas. Se tumbaba a su lado, respiraba como el paseante de un jardín hallado en la oscuridad, el sudor vegetal, fresco y dulcísimo, que emanaba de su cuerpo. Se debatía entre el deseo de tomarla sin más y la ternura temblorosa que sentía al escucharla respirar lenta y acompasadamente, indefensa. Si el sueño la sacudía con un ligero temblor, Dios sufría imaginando en qué, en quién pensaba ella para estremecerse así.

Sacudía la cabeza para alejar aquel pensamiento y en alguna parte una bandada de buitres se estrellaba contra el cuerpo agonizante de un ciervo despeñado. Un dolor sordo le mordía el pecho al sentir tan ajena a la bella Pola y entonces Dios estrujaba con rabia su larga barba borrascosa y una pesada nube bonachona se abría en canal sobre un prado. Un relámpago dejaba una cicatriz en el cielo y partía en dos al joven pastor que se apresuraba a conducir su rebaño de vuelta a casa, haciéndole levantar los brazos de puro asombro, crucificándolo allí mismo, delante de sus atónitas ovejas.

Y algunas noches Dios se marchaba enfadado, jurando que no volvería a acercarse al dormitorio de novicias la noche siguiente, pero una tras otra regresaba, y recorría el cuarto alargo y frío para acostarse junto a Pola. Y cuando aquello ya no le bastó, Dios pensó en cómo podría hacer para que ella, que no necesitaba siquiera hablar y que pensaba y se movía con la lentitud de las plantas, se le entregara en cuerpo y alma, con la locura desesperada que había visto tantas veces apoderarse de las novicias que llegaban al convento. Quiso mostrar la ternura que le provocaba Pola en su lejanía solitaria, encerrada en la torre de silencio que ella misma construía a su alrededor. Cortó la pluma más larga y blanca del ala derecha de uno de sus ángeles para ofrecérsela como regalo y esa madrugada se tendió junto a Pola y sopló con suavidad en el nacimiento de su pelo, en los bucles apenas insinuados que no volverían a crecer. Pero Pola no se movió. Decepcionado, Dios esperó. Quizá le costaba reaccionar, se dijo. Pola contestó con un suave ronquido. La respiración tranquila de ella le pareció una burla. Sopló más fuerte, con la rabia de un niño contrariado que no apaga las velas del pastel de cumpleaños a la primera. Sin llegar a despertarse, Pola levantó el brazo y se lo llevó a la cabeza, como apartando un mal pensamiento, un insecto molesto. Dios extendió la pluma y le acarició el hombro con ella, «yo haré que tu pelo crezca de nuevo, yo puedo sacarte de aquí y llevarte conmigo», musitó tembloroso. La sintió abrir los ojos, Él, que todo lo podía, escuchó el crujido de sus pestañas desenredándose, pero ni siquiera entonces supo qué era lo que pensaba, si es que pensaba algo, esa mujer tan inexpugnable como un jardín clausurado tras una valla de piedra. Pola se incorporó lentamente y lanzó una mirada aturdida a la tiniebla por encima del hombro. Dios contuvo la respiración, turbado, pero ella no habló ni pareció notar el peso de su cuerpo sobre la cama. Permaneció inmóvil, en la misma postura unos segundos, antes de cerrar los ojos con un suspiro y volver a tumbarse.

Esperando a que pasara aquel escalofrío incierto se encogió como un bebé que volviera a soñar con un mundo líquido previo al nacimiento, perdido para siempre. Bajó la cabeza orlada de su diadema de mínimos bucles verdosos hasta refugiarla en el pecho, dobló las piernas y los brazos y todo el cuerpo fue un ovillo de lana perfumada que regresaría al sueño si nada lo evitaba.

Pero Dios no tiene por costumbre respetar aquellos territorios que le apetece pisar con sus grandiosas plantas. Y Pola le daba una espalda aún más blanca que el camisón grande que dejaba entrever una península láctea. Y Dios olía sin quererlo del todo el agotador perfume de los cabellos cortos y verdes. La manta ligera dejaba al aire unos pies de estatua que a ratos se movían lentamente, como si nadaran en sueños. Dios volvió a sentir que la belleza lo es incluso cuando no se tienen ojos en la cara o la luz suficiente para apreciarla.

Entonces apartó la sábana dura, la manta liviana y palpó con su mano de mármol la pierna joven. Pola gruñó suavemente y se encogió más aún, igual que si una voz le estuviera susurrando que tuviera cuidado, que no bajara la guardia ante esa caricia. Dios sintió la ira creciéndole por dentro, ciento cincuenta mil siglos de rabia y despecho hacia esa mujer que ni se daba cuenta de lo que le estaba sucediendo mientras dormía como un animal de establo.

Dios retiró la mano desdeñada. Se levantó despacio, como un viejo animal prehistórico la última vez que pudo incorporarse. Recorrió los pasos necesarios hasta colocarse al otro lado de la cama. Sacó pecho, como un héroe esculpido. Empujó a la muchacha al centro, sin contemplaciones. Quería despertarla, que supiera, pero Pola se resistía a salir del sueño, arrebujada en su cápsula vegetal. Empecinada, se encogió más sobre sí misma, con los ojos cerrados, entregada a la felicidad de la inconsciencia.

Dios se arrodilló sobre las sábanas. Desenredó sus muñecas. Sin mayores delicadezas la tumbó de espaldas y separó sus piernas como un vendedor de vacas interesado en inspeccionar la vulva de una de las cabezas de ganado que desea comprar.

«Así que esto es el amor», se dijo, al atravesar el ventanal cerrado para salir del dormitorio. Pola ni se había inmutado. Ni lo había sentido entrar, ni sollozó cuando salió de ella. No se movió. Continuó durmiendo, ajena a él como si nunca hubiera compartido su cama. «Esto es el amor, permanecer a oscuras para aquella a la que amas», siguió rumiando con amargura, sentado en lo alto del tejado del convento, después de aquello. Acercó los dedos a dos estrellas y apagó, distraído, su luz mortecina, como quien deja a oscuras una habitación cuando decide que ha llegado la hora de acostarse. Y pensó, con los ojos cerrados en qué podría hacer para que ella se diera cuenta de que Él estaba allí.

Una mañana buscó. Se apostó en los caminos, como un ladrón paciente, rastreó en las plazas los cabellos y los ojos de todos los hombres jóvenes que se cruzaban con él. Admiró algunas frentes, calibró la fortaleza de brazos y piernas, persiguió al candidato perfecto y creyó haberlo encontrado en la figura de un muchacho alto y grácil como un cisne, pero lo descartó con un mohín de asco cuando abrió la boca para sonreír a una doncella rolliza que vendía fruta fresca en el mercado y quedó a la vista un incisivo partido por la mitad.

Dios buscó en ciudades de mármol, donde los hijos de las familias nobles servían de modelo a las estatuas que adornaban los palacios y desdeñó su hermosura de piedra. Buscó en corrales y cuadras granjeros apuestos, pero no eligió a ninguno porque la fugacidad de su juventud se leía ya, como una profecía, en sus rostros de animales jóvenes.

Se dirigió al norte, pensando ya que tal vez el hombre digno de que se encarnara en él no existía en ningún lugar. Aquella verja altísima, los árboles rumorosos que cuchichearon a su paso, como contándole a medias que era allí donde debía detenerse. Y Dios lo olió allá atrás, al otro lado de la reja y de los troncos.

La carne de Dios

Sus padres lo habían amado mucho tiempo antes de concebirlo. Los dos amaron la idea del Hijo, de la carne propia sucediéndose a sí misma en un cuerpo minúsculo e inocente, y esperaron ansiosos el día en que la idea se hiciera realidad. Aguardaron con tal impaciencia la materialización que el niño no nacía. La idea fugitiva, como una revelación que apenas se insinúa y atormenta el resto de una vida a quien no llegó a saberla del todo, se deshacía unos meses después de intuida en el vientre materno, manchando de sangre y casquería la ropa de lino. La idea se malograba en un animalillo repugnante, a medio hacer, que se le escapaba del cuerpo a la madre y que el padre mandaba enterrar en la tumba de sus antepasados. Los anónimos durmientes ocuparon criptas de juguete y pasaron a la otra vida sin rozar esta siquiera. Se convirtieron en muertos antiguos, en saquitos de huesos que acumulaban polvo y gusanos mientras sus padres iban olvidándolos al otro lado de una lápida, llevados por el instinto que lleva a una hembra y a un macho a seguir apareándose junto al esqueleto de la última de sus crías.

Cuatro niños, cuatro ideas a las que no tuvieron valor siquiera de poner nombre, precedieron a Anzo y pasaron de largo, prefiriendo la eternidad. Pero él se aferró con uñas y dientes al cuerpo hostil de la madre y le creció dentro, como una sospecha amada, como un presentimiento que ella ni siquiera se atrevía a confirmar colocando la mano sobre la piel tirante del vientre.

La casa se sumió en la penumbra y el silencio para aguardar al niño. No parecía un día feliz. Las doncellas calladas iban de aquí para allá, preparando paños limpios, calentando agua. Las mujeres de la familia rezaban en la capilla de la mansión, esperando que la muerte pasara de largo esta vez. La partera se santiguaba sentada junto a la cama de aquella madre primeriza, avejentada por el sufrimiento repetido, con los ojos clavados en el misterioso vientre del que nada parecía capaz de brotar. La madre, antes de tenderse en el lecho a esperar, dejó preparadas ropas blancas y negras, la vida y el luto en dos armarios vecinos, sin terminar de creerse que la criatura fuera a sobrevivir al alumbramiento. Después de varias horas notó en su barriga las aguas moviéndose tranquilas al principio, encrespándose después en una marejada incontenible. Aulló cuando sintió al pequeño abriéndose paso entre ellas, culebreando entre las olas para escapar y salirle de dentro como una parte de su propia vida que huyera hacia delante. Pero aquel esfuerzo lo dejó exhausto, el niño dejó de luchar en cuanto sintió la luz cegadora en la cara, como si fuera en realidad su destino, nacer para morir allí mismo, en ese instante en que debería haber empezado a respirar. Anzo arribó a la orilla, sin gemir, inmóvil y azul como un ahogado. La rolliza comadrona golpeó las ancas de rana del recién nacido con la palma abierta, pero no consiguió que llorara. La madre obligó a la partera que le acercara el pecho del bebé para poder escuchar si aún latía, o si es que esta vez la idea era más cruel que nunca y le dejaba verla por entero, comprender el alcance de su belleza en aquella criatura apenas mayor que un cojín, que un sombrero, que un muñeco. La madre miró al hijo y le pareció tan muerto como sus hermanos, aunque infinitamente más hermoso. Lo miró para aprender el rostro dormido antes de tiempo, el cabello oscuro y mojado, la piel azulada por el naufragio. Tenía sus labios, pensó, y las manos fuertes y pacientes del padre. El niño era ellos y ella moría con él, se dijo. No, no quería sobrevivir al quinto de sus hijos. Cerró los ojos y esperó que al menos se le concediera ese único deseo, desangrarse entera, ir con el pequeño, que la arrastrase el mismo torbellino aciago, la misma hemorragia hasta la cripta donde yacían todos sus hijos.

Pero ya cuando nadie lo esperaba del niño brotó un quejido que atravesó débilmente el cuarto bañado en sombras y en el olor lento a cera derretida de un funeral anticipado. Ella escuchó en el desmayo voluntario la voz de su hijo, el primer grito de angustia dolorida del pequeño que parecía saber que ya no podía contar con el refugio acogedor de su vientre. Su hijo le reprochaba la vida, se quejaba indefenso de la hostilidad del aire que debía aprender a respirar y ahora lo ahogaba, de la tibia luz amarilla que le hería tanto los ojos. Lo oyó llorar y cayó en la cuenta de que eso era justamente lo que se espera que haga cualquier ser humano, llorar antes de nada, de alimentarse o reír o pronunciar la primera palabra. El llanto del recién llegado que consuela al resto, que hace suspirar de alivio a la comadrona, que hace que las doncellas se miren y sonrían, que la madre casi se desvanezca de felicidad. Este era el contrasentido, solo calma a los que esperan que el bebé manifieste con toda la fuerza de sus pulmones que le duele nacer.

La madre lo abrazó instintivamente para ofrecerle resguardo, uno más precario, apenas una choza al lado del cuerpo cerrado en torno a él que lo había guarecido nueve meses. Al mismo tiempo, mientras el impulso de protección se apoderaba de ella como si cada centímetro de su piel escuchara la voz ancestral de todas las hembras recién paridas, avistó un pensamiento lúcido y desolador. Le cruzó la frente, como un relámpago certero, la conciencia de que darle la vida a alguien era sin duda la felicidad más intensa que había sentido, pero también el dolor más hondo en el que podría adentrarse su alma de ahí en adelante. «Nunca más, a partir de ahora, podré abrir los ojos sin que lo primero que haga sea preguntarme dónde está, cómo está, si respira aún después de la noche. Enfermaré si enferma y me dolerá cada segundo saber que un día él deberá morir.» Sintió una enorme piedad por ese cuerpecito maltratado que iba perdiendo el tinte cian y aclarándose al calor de las velas. Lo apretó aún más fuerte contra sí. Deseaba que el niño la oliera y la sintiera respirar a su lado, que aprendiera a mecerse en su mismo latido. Miró los ojos entrecerrados y la conmovió encontrarlos tan parecidos a los suyos, dos almendras verdosas que la naturaleza había trazado de memoria en el rostro diminuto. «Es imposible no amar a quien se nos parece tanto, a quien nos promete que algo nuestro perdurará en el mundo cuando ya lo hayamos abandonado», pensó, asumiendo de golpe que el principio de aquel amor incondicional era justamente que amaba una parte de sí misma, que era la vanidad, antes que nada, la que la hacía sentirse capaz de cualquier cosa por el bien de su hijo. En ese momento, abrazada a él como si lo estuviera guardando de un peligro indefinido, la madre decidió que su hijo se llamaría Anzo.

Entretanto, el padre esperaba al otro lado de la puerta, paseando en círculos como un animal enjaulado. Oyó el aullido de su esposa y el silencio sepulcral que lo siguió. Cerró los ojos. Otra vez. «El quinto», se dijo, y volvió a verse bajando los peldaños empinados del panteón con una caja entre las manos, algo mayor que las otras y sin embargo aún estremecedoramente pequeña. Se vio entregando los restos de su quinto hijo a la muerte voraz, una fiera que se había instalado en los sótanos de su casa a la que no sabía cómo expulsar de allí. Y entonces, contradiciéndole, conjurando su destino fatal, aquel hilo de llanto apenas perceptible, tan frágil y formidable a la vez.

Lloraba, luego existía. Allí estaba, el primero de los cinco, el único que había logrado vencer a la idea, hacerla palidecer con un solo gemido. El que haría que su nombre, su escudo de armas, su linaje, no se perdiera gracias a ese quejido minúsculo que se escuchaba apenas en el cuarto de al lado. La exclamación triunfal de la comadrona, el chapoteo del agua en el barreño en el que introducían al crío para limpiarlo, todo eran señales nuevas, desconocidas, de ese nuevo estado del que tomaba conciencia súbitamente. El heredero, su tesoro, estaba allí, el niño cuya cara ni siquiera había visto aún y que ya era la hazaña más grande de su vida, un eslabón extraviado hasta entonces y hallado de pronto. Excitado, puso la mano en el picaporte labrado, entreabrió la puerta y llegó a oler la vida, esa mezcla de fluidos. Lo detuvo el sonido de una voz que lo llamaba desde alguna parte. Alguien subía corriendo la escalera a sus espaldas. «Ah, sí», recordó, era el joven sirviente al que había enviado a casa del astrólogo por la mañana, cuando aparecieron las señales de que el momento del parto se acercaba, en busca de la carta astral de su hijo. El muchacho había marchado a galope tendido y aparecía ahora plantado en el umbral, con un sobre lacrado entre las manos. Lo miró. Resoplaba, sudoroso, y sus ojos estaban llenos de pánico de un caballo sorprendido por la tormenta, y le tendió la carta. El destino le ofrecía un mensaje sellado, como el que había solicitado su propio padre la mañana en que él nació, y antes su abuelo, y el padre de su abuelo. Supo que decía algo terrible antes de leerlo. Ojalá, se reprochó luego muchas veces, hubiera sido capaz de romper la tradición, de olvidarla en medio del trajín de preparativos, de la tensión y el miedo que les hizo temer que el niño tampoco nacería. Ojalá no hubiera sido tan consciente de que su obligación como patriarca era conocer de antemano el futuro que estaba escrito para ese bebé al que no había visto aún.

Despedazó el envoltorio de pergamino y se enfrentó a los designios que guardaba el único pliego de papel que encontró dentro. Encontró un bello galimatías que no supo interpretar. El consejero había trazado en el centro un círculo rojo. Dos arqueros flanqueaban la esfera, mirándose fieramente a través de ella y apuntado a su adversario con una saeta. Varias líneas que parecían brotar de cada uno de los arcos atravesaban el círculo, cruzándose en su interior, como relámpagos enzarzados en una tormenta. Advirtió la presencia de un ojo dibujado en lo alto del círculo, mirándolo desde el papel con una expresión severa que no pudo descifrar. Confuso, el padre leyó las palabras que el sabio había escrito debajo del dibujo. Explicaba que el niño, según sus cálculos, iba a nacer bajo los auspicios de dos oscuros astros enfrentados. «Siento deciros, señor, que ninguno de esos planetas que dominan el cielo en el día de este nacimiento son los que deberían regir la vida de un hombre y seguramente vuestro hijo estaría ya condenado por culpa del deseo de ambos de adueñarse de él», susurró el padre, estremecido. «Sin embargo, hay otra fuerza rondándolo. Es la más siniestra, la más inexorable de las tres, y no sé ponerle nombre, pero será la que finalmente se llevará a vuestro hijo con ella. Lo lamento mucho, señor, pero no puedo mentiros. Vuestro hijo debe ser puesto a salvo cuanto antes si no queréis perderlo también a él.»

La madre adormilada notó en sueños que la puerta de su habitación se abría de golpe, que un viento huracanado cruzaba la estancia y se detenía junto a la cama. La madre intentó abrir los ojos y no pudo, quiso gritar pero su voz parecía un niño perdido, atrapado en el fondo de un pozo. El terrible huracán le arrancó a su hijo de entre los brazos y la dejó temblando en su sueño narcótico. Cuando al fin despertó, bajó los ojos y vio que alguien le había cambiado la ropa de parturienta por un camisón negro. Sintió sus pechos llenos de una leche baldía y bramó, maldiciendo a aquel viento de la noche que no se la había llevado también a ella.

Hacía horas que un jinete veloz, el mismo que había traído las malas noticias, había partido rumbo a una antigua posesión de la familia, una finca de piedra rodeada de olmos sombríos situada al norte del norte. Una sirviente espigada e igualmente luctuosa esperaba ante la puerta y recogió la canastilla que el muchacho le entregó apenas saltó al suelo. El bebé vestido de blanco alzó los ojos, dos brasas verdes que le servían para adivinar contornos y sombras, y ensayó una mirada. Mientras, en la que hubiera debido ser su casa, su madre enloquecía en la alcoba y su padre descendía la escalinata de piedra con una caja de mármol blanco en las manos. Era la primera vez que habían tenido tiempo de esculpir el nombre de un bebé bajo la cabecita tallada de un querubín ciego.

Creció pensando que era huérfano en la enorme mansión, con una legión de criados que parecían viejos árboles, los hermanos cautivos de la hilera de diez olmos que flanqueaban la fachada de piedra como centinelas. Los olmos, de una variedad norteña especialmente antipática al decir de los expertos, crecían de forma anormal, reptaban con sus raíces venenosas para aferrarse a los cimientos de asfixiar los cimientos de la casa. Aquellos gigantes malvados lograban deslizar las uñas retorcidas de sus pies a través de las baldosas y empujaban con su ramaje húmedo las cristaleras de los ventanales, con un frecuente estropicio de vidrios. Anzo se acostumbró al ataque constante de los olmos, furibundos en los días de viento, brutales cuando la tormenta los agitaba como si fueran soldados a su servicio, dispuestos a invadir cada habitación de la casona. Las criadas lo encerraban en una alcoba del último piso, como si quisieran ponerlo a salvo de la ira inexplicable de los olmos. A la mañana siguiente barrían los restos de cristales y los vidrieros reparaban las ventanas. Reinaba de nuevo una calma pequeña, estrecha. Los diez árboles parecían dar la espalda a la casa con altivez, pero aquella paz era una farsa, porque Anzo oía de noche, allá donde durmiera, el rumor traicionero de las raíces desperezándose bajo tierra, avanzando como una lenta enfermedad para apoderarse de cada rincón. Los olmos mandaban en la casa desde siempre y ella se rendía poco a poco, como una viuda enferma.

Anzo recorría aburrido los pasillos interminables, miraba a las sirvientas amasando pan o abriendo cuartos cerrados con llave para ventilarlos. Jugaba solo y se inventó un amigo, el niño del espejo, alguien que era y no era él, que a veces le ganaba cuando corrían juntos. Nunca hizo preguntas, porque no conocía otra vida que aquella de pájaro enjaulado. Crecía en la mansión asmática, condenada a muerte por los olmos que nadie, sin que se supiera muy bien por qué, se decidía a talar. Ignoraba que su madre lo lloraba aún, abrazando con el recuerdo los pocos instantes en que lo había tenido cerca, antes de que se lo arrebataran. Soñaba a menudo con ese hijo hurtado, con la noche en que la criatura volvió a la nada, sin saber que su hijo miraba igual que ella a lo lejos, que quizá en algún punto intermedio del camino los ojos verde menta de ambos podían llegar a encontrarse. La madre lo imaginaba en cada una de las edades a las que sobrevive cualquier niño sin darse cuenta de su hazaña. En su memoria su hijo cumplía sus primeros, triunfales, seis meses. No había accidente desgraciado, ni fiebres fatales rondándole. Al año de nacer, la pelusilla oscura daba paso a un manojo de rizos negros que ella casi podía acariciar. El cuerpecito tosco, los hoyuelos en las manos, la cara de luna llena desaparecieron a los tres y entonces el niño fue un ángel que trotaba por el jardín vacío, ensayando sus largas piernas, los brazos alados. La madre lo vio a los seis, a los nueve, a los doce años, cada vez más esbelto, la idea perfecta materializada en un muchacho que vencía a la muerte con la belleza. Blanco como el alabastro, así hubiera sido, moreno como una cesta de ciruelas negras, con los enormes ojos verdes que no llegaron a mirar nada más allá de un par de horas, según le dijeron. Cumpliendo quince, diecisiete nuevas vidas mientras a ella la muerte le rozaba las sienes con sus dedos huesudos.

Los olmos se lo contaron a Dios, con un servil susurro de hojas, desde el otro lado del muro. «Está aquí. Entra a buscarlo, señor, nosotros te ayudaremos.» Y el Todopoderoso abrió los brazos para agitar las copas de aquellos seres tan leales, y las ramas infinitas rozaron la fachada, azotaron por enésima vez los vidrios, pero con más furia que nunca, como si todas las demás hubieran sido un simple ensayo, el juego de diez guerreros ociosos. Dios sopló, para ayudarlos. Los olmos se envalentonaron con aquel viento favorable que los azuzaba. Golpearon, sedientos, los cristales mil veces reparados. Dentro, las mujeres gritaban, el ama de llaves ordenaba a los hombres que atrancaran las puertas y las ventanas, sin darse cuenta de que Dios iba entrando en todos los dormitorios, en busca del que debía ser su carne. Los olmos señalaban con sus dedos afilados el ventanal de Anzo, le indicaban a su amo el lugar. Y Dios subía escaleras, siguiendo la pista de sus fieles sabuesos verdes, allí, allí era, detrás de esa puerta de roble que fingía tranquilidad. En el centro de la alcoba había una cama antigua, y en el centro de la enorme cama encontró al príncipe maldito, temblando como en un cuento terrible, allí estaba.

Y en dos zancadas cogió del cuello al muchacho al que no habían logrado poner a salvo de Él todos los cuidados de su padre. Temblaba aún cuando lo sacó de entre las sábanas, acercando sus cansados ojos de viejo creador para mirarlo de cerca. Las doncellas más jóvenes se escondían bajo los camastros, muertas de miedo. Los olmos desgarraban cortinas, volcaban sillas y jarrones, adentrándose en la vieja mansión, ensayando a su paso una terrible sinfonía de destrucción. Y Dios admiraba, apenas bañado por un tibio rayo de luna, el cuello tallado, la joven nuez de Adán, las lágrimas que parecían esmaltadas por un soplador de vidrio en el fondo de sus ojos. «Qué hermoso voy a ser», se decía, apretando un poco más de la cuenta, observando con curiosidad cómo las pupilas de un verde mineral se dilataban de horror y angustia al contacto de sus dedos omnipotentes.

El pánico no dejó que saliera de su garganta un solo grito. La vida huyó de él, Dios pudo verla escapar a toda prisa como un cervatillo asustado cuando el muchacho agitó los brazos y las piernas, suspendido en el aire, ahorcado en el vacío. Esperó pacientemente a que exhalara el último, casi inaudible gemido, sin soltarlo. Luego dejó que el cadáver abandonado se le resbalara de entre los dedos, como una copa de vino. Anzo cayó al suelo, grotescamente, de ese modo atroz, irremisible, en que caen las cosas o quien ya se ha convertido en una. Y entonces Dios, convertido en un soplo ligero, se deslizó dentro de aquel cadáver esplendoroso, repoblándolo torpemente al principio, obligándolo a ponerse en pie, y dar los toscos primeros pasos. Bajó rodando la escalera, se levantó de nuevo, abrió la puerta y zigzagueó entre los árboles, camino de Santa Vela. Tenía toda la noche para aprender a moverse dentro del cuerpo al que había honrado con su elección. En alguna de las habitaciones del último piso las ramas de olmo habían derribado una lámpara de aceite y ardía ya el terciopelo negro de una cortina y algunos sirvientes salían al exterior, gritando despavoridos.

La madre se hizo vieja y siguió soñando a su hijo, concediéndole la vida que la vida misma le había negado. La mujer siguió muriendo poco a poco, otorgando al niño muerto todos los años que no llegó a cumplir. Un Anzo adulto paseaba ante sus ojos velados por las telarañas de la edad y la vieja sonreía, complacida. El hijo era inmortal en su pensamiento, ella lo había salvado y podía mirarlo siempre que quisiera, caminando por un jardín de la mano de una joven hecha de humo, leyendo un libro grueso, saludándola a lo lejos. Su hijo era lo único que lograba vencer las lagunas de su pensamiento y no es extraño que solo lo recordara a él, que olvidara casi todo lo demás, incluso que había estado casada mucho tiempo atrás y que su esposo también había decidido morirse de pronto, fulminado ante la escalinata, la mañana en que alguien llegó a la villa para avisarle del incendio terrible que había asolado la lejana casa de los olmos.

El otro

Les decían que era su Buen Padre, que siempre estaba allí, en Santa Vela, protegiendo su sueño, su oración, sus trabajos. Debían entregárselo todo a Él, que tanto les daba. Se lo repetían a todas horas; cada vez que rezaban una de las hermanas se levantaba en la capilla para insistir en la bondad sin fin del Padre. No comían en el refectorio la mezcla de sopa y pan duro del mediodía sin que una de las huérfanas, designada por la hermana Priscia, se viera obligada a ayunar mientras repetía mecánicamente aquella salmodia, rezando por dentro porque todas temían el castigo que las esperaba si se equivocaban al recitar la alabanza.

Pero Dios, hubiera querido añadir Mida, tras pensarlo un instante, Dios también era otro. Ella le había oído susurrarle al oído que en realidad no existía, al poco de llegar a Santa Vela. Podía escuchar su voz y verlo, por eso, si alguien le hubiera pedido a ella que explicara quién era Dios, Mida habría dicho que era un hombre que a ratos parecía muy viejo, retorcido como una letra antigua, lento y grisáceo, que aparecía de pronto en la puerta del dormitorio de las Invisibles. Dios tenía el cabello plateado de los patriarcas, el rostro escarpado, los ojos hundidos y las cejas coléricas de quien está acostumbrado a sobrevivir a cada una de las criaturas que dependen de él mientras las ve deslizarse hacia la muerte sin una pizca de tristeza o compasión. Era el intruso que se paseaba entre las camas, envidiando quizá el sueño limpio de las muchachas, el alacrán que le mordía en el vientre al mirar a algunas de aquellas durmientes que sonreían con los ojos cerrados en medio de la noche. No solo el que suspiraba pensando que ser mortal era lo mejor que podría haberle pasado, el que mascullaba maldiciones porque a las internas no parecía importarles la jornada en el lavadero, las manos podridas de sabañones por culpa del agua helada, el odioso transcurrir de horas lavando camisas, enaguas, medias, sábanas y cofias ajenas.

Dios es dos, o por lo menos dos, había deducido Mida al descubrirlo en medio del dormitorio helado, una noche de esas en las que parecía que todo iba a ser como siempre, que Dios caminaría con ese andar torpe de quien empieza a parecer más un árbol o una piedra que un hombre, detestando a quien puede estar vivo simplemente porque un día puede morir. Pero Dios era dos, el abuelo tembloroso que parecía quedarse tan ciego como cualquiera en cuanto oscurecía y se tropezaba con las camas más próximas a la puerta. Dios, Mida lo sabía, también era el otro, alguien que habitaba en el interior del cuerpo maltrecho del anciano y se estiraba desde allí como un felino hambriento, tirando de él entre las sombras, irguiendo a la fuerza los hombros caídos, exterminando la joroba, haciendo que la cabeza adquiriera de pronto la categoría de busto temible. Dios, estaba claro para la hija del lobo, resurgía del fondo de su propio cansancio, se hastiaba de su hastío si aparecía alguien en la alcoba de las Invisibles, una criatura digna de alimentarlo y devolverle la fe en la eternidad, en el poder que ejercen los dioses sobre los tristes seres de paso. Quizá las demás no lo sabían, no podían saberlo, y por eso dormían cuanto podían, aferradas a cada minuto de aquel sueño débil, inconsistente, roto de pronto en medio de la noche porque a lo lejos comenzaba a sonar el tintineo de la campanilla de la hermana de guardia y había que rezar o cumplir un castigo o empezar a lavar la ropa del hospital y las casas ricas, en épocas de mucho trabajo. Quizá solo ella podía verlo así, emergiendo de sus cenizas como un dios más joven y cruel, porque en cierto modo ambos pertenecían a la misma familia. Mida sufría esas noches, las de la llegada de una muchacha especialmente bella y frágil a Santa Vela. Adivinaba nada más verlas, aun cuando ya las hubieran despojado de su ropa de calle y las hubieran castigado a llevar el feo uniforme de hospiciana y les hubieran rapado el pelo, cuáles serían del gusto de aquel tirano que aguardaba encogido en el interior del otro Dios, del más viejo y cansado, como un animal voraz que se abalanzaría sobre la sombra tendida de la nueva y la convertiría en su presa durante un tiempo. Mida se cubría la cabeza con la almohada, aterrada de su propia cobardía, sin entender del todo por qué aquello estaba mal y por qué sus piernas y su voz no le respondían, no la ayudaban a salvar a la víctima, indefensa bajo el peso de un cuerpo que las horadaba con la misma crueldad fría de un gato en celo. Era en vano. Mida oía aun, cuando la calma volvía a apoderarse del dormitorio, los jadeos desacompasados en el jergón, desvelándola con una mezcla de desazón y vergüenza que no se marchaba de su cerebro con la primera luz, ni siquiera con el febril comienzo de la jornada abajo, en el lavadero. Había aprendido también que esas chiquillas a las que Dios visitaba sufrían una transformación inmediata, de la que tal vez ni siquiera eran conscientes. Comenzaban a agostarse poco a poco a partir de la mañana siguiente, empalidecían mortalmente y caminaban trastabillando por los corredores, se dejaban caer rodando escalera abajo sin ofrecer resistencia. Eran las que no probaban apenas bocado mientras las demás rebañaban el plato, las que no movían un dedo si la compañera sentada más cerca les arrebataba el trozo de pan, la patata cocida. Ninguna de las Invisibles preferidas por el otro Dios volvía a sonreír, ni miraba a los ojos. Todas sin excepción huían en solitario del resto de las internas, casi sin darse cuenta, buscándose un dolor nuevo entre las ropas, sin entender del todo que era aquello que escocía tanto, de dónde venían los cardenales, el cansancio insoportable. Las favoritas de Dios duraban poco en Santa Vela, caían enfermas enseguida y se consumían como las pequeñas velas que iluminaban con su luz débil el cuarto de las muchachas a la hora de acostarse. Y Mida, que no era una de ellas pero podía haberlo sido si Dios no hubiera decidido pasar de largo su camastro la primera noche, quién sabía por qué razón, veía cómo el jardinero cargaba a hombros sus cuerpos, envueltos en un miserable lienzo blanco, y atravesaba la zona del jardín que lindaba con el cementerio de las hermanas. Era allí donde el hombre al que nunca oyeron decir ni media palabra cavaba un agujero y las enterraba, alisando la tierra sobre sus cuerpos extenuados, señalando cada tumba con una piedra, sin más, para no tropezarse con los huesos de una muerta cuando debiera alojar a la siguiente.

Dios es dos, eso ya lo intuía Mida, que acabó de saberlo cuando lo vio rondando la cama de Pola, y hacer lo mismo de siempre, lo mismo que hacía con los otras, pero con ella. Y esta vez no sintió solo miedo, paralizando cada centímetro de su cuerpo como el soplo de una enfermedad repentina, ni vergüenza, ese asco hacia sí misma que seguía de cerca al pavor cuando Dios cruzaba la puerta o la ventana y curioseaba entre las filas de durmientes, al principio solo como miran los viejos, de lejos, por puro tedio. Porque ahora era distinto y cuando Dios olisqueó en el aire la savia fresca en los restos de la cabellera verde de Pola y siguió como un sabueso monstruoso el rastro hasta ir a parar junto a ella, Mida vio cómo todo lo experimentado antes se mezclaba en la marmita de su cuerpo con gotas de un veneno peor, más poderoso, que amargaba su respiración y electrizaba su piel. Negó débilmente con la cabeza, tan débilmente que su cabeza ni se movió. Y pese a ese miedo oscuro y profundo que le tenía a Dios desde que entró en su vida y la separó de su madre, supo que había algo nuevo, un odio aterrador hacia quien profanaba la inocencia del único ser que le parecía merecedor de ser amado y respetado en Santa Vela. No hubiera acertado a explicarlo, pero la primera vez que amó en su vida a alguien por el placer de hacerlo fue a Pola. Sí, había querido a su madre, se había sentido unida a ella, a la enredadera cobriza por la que recordaba, remotamente, haber trepado en las noches de frío y miedo de la infancia, en la cabaña. Pero no hubiera podido saber si solo la había amado porque la necesitaba y porque el amor de su madre la cubría desde antes de nacer y de que tuviera conciencia de ella misma, como una manta de la lana más noble. Pola hizo que surgiera en ella otra clase de amor, uno inevitable, el que no se acaba aunque no sea correspondido. Mida sentía el amor como un hilo invisible amarrado al tobillo de Pola y se dedicó a seguirla porque nada más podía hacer. Amó a pesar del muro infranqueable de aquella en quien pensaba al abrir los ojos, la amó al mirarla y no entenderla más que como un imposible. La amó, sin pretender apoderarse de su cuerpo sobre un colchón y arrancarle algo a cambio de ese amor del que Pola no era consciente, que ni siquiera había pedido.

Mida no se atrevió a taparse la cara con la sábana mientras aquello ocurría, otra vez pero distinto, mucho peor que nunca. Oyó la respiración fatigada al principio, el jadeo de animal viejo de Dios cuando trepó al camastro, subiéndose la túnica. Oyó cómo Pola se quejaba en sueños y pensó que al menos era una suerte que ella no supiera que lo que estaba pasando era real, que sufriera de lejos, sin entender del todo. Oyó cómo Dios se volvía el otro, Mida sí lo oyó y lo comprendió, porque Dios era dos y el otro era el que empujaba fuerte y gruñía como una fiera aplastando el cuerpo frágil de Pola, ensuciándolo un poco más a cada segundo, robando la inocencia de las dos en cada acometida. Pola despertaría aturdida, sin saberlo a ciencia cierta, sin acertar a explicarse qué había pasado en las horas previas, pero Mida lo comprendió enseguida, y la certeza se fue haciendo una verdad emponzoñada durante el tiempo en que Dios permaneció en el dormitorio, y aún después, cuando soltó un aullido triunfal y miserable a la vez, y se quedó muy quieto, antes de estirar la túnica blanca que dejaba al descubierto sus tobillos de viejo y de encaminarse lentamente hacia la puerta, como si temiera tropezarse en la penumbra con alguien tan terrible como él mismo.

Si le hubieran preguntado a Mida por Dios, sin duda habría dicho también que desde aquella noche era la palabra más amarga de todas, corta y sangrante como un latigazo, la que nombraba a alguien que se encaprichó de la pureza de la que él carecía desde hacía tanto tiempo. Dios era el animalejo carroñero que apareció a la mañana siguiente en el refectorio, vigilando a una Pola lívida que palpaba con los dedos sus labios hinchados en vez de apurar la escasa leche aguada del cuenco, como esperando a que dejara de respirar para lanzarse sobre ella y despedazarla del todo. Hubiera respondido que era la sombra fatídica que leía en el fondo de los ojos somnolientos de Pola en los días que siguieron, mientras ambas restregaban las manchas de menstruación o de sudor nocturno en los camisones de alguna de las damas de las casas nobles que mandaban lavar su ropa en el convento. Las demás lloraban a veces, avergonzadas o doloridas eran capaces de sentir algún alivio, pero Pola no. Mida la veía cuando empezaba a temblar, como si fuera su cuerpo y no ella quien recordara algo de pronto, y hubiera querido consolarla, cuchichearle que sabía todo lo que le estaba ocurriendo, pero Pola seguía sin hablar y era como mirar un árbol herido, que sufre cuando alguien clava el filo de una navaja en su corteza para tallarle unas letras, el mismo dolor silencioso, reconcentrado, lento, de un tronco profanado.

Cuando acababan de aclarar la ropa, Pola echaba a andar hacia los tendederos, sonámbula en pleno día, y Mida se limitaba a seguirla de cerca, como un inútil ángel de la guarda. No le contó nada a Coro, que se quedaba atrás, cargada con su canasto de ropa empapada, dolida por el súbito abandono y por la torpeza que le impedía caminar al mismo ritmo. Su amiga ya no la ayudaba a llevar la cesta, ya no se apiadaba del precario equilibrio que la obligaba a tomar aliento a cada paso. Pola y Mida se alejaban ligeras y acompasadas mientras su pierna mala aullaba. Con el estómago encogido por los celos veía sus nucas desnudas bañadas por la limpia luz del sol, sus cuerpos ágiles avanzando hacia las cuerdas dispuestas entre los árboles donde colgarían las prendas, y sabía. No era necesario que alguien le explicara que había algo nuevo entre las dos, una unión secreta de la que ella quedaba excluida, por más que ella no pudiera ver la leve cuerda que ataba sus tobillos y las hacía caminar casi a la vez, ensayando una danza tan vieja como el mundo ante sus propios ojos.

Pola era amada. Mida amaba.

Dios era más de uno, pero si alguien le hubiera preguntado a Mida no habría sabido decir que en realidad Dios era algo insignificante en el fondo, que nunca consiguió que ella desdeñara a Pola. Ni profanándola logró que ella dejara de sentirla como lo más bello y cierto que había tenido en sus trece años de vida. Le bastaba saberla cerca, mirarla al otro lado del lavadero, contemplando el agua jabonosa como uno más de los misterios que la dejaban ensimismada. Pola inclinaba su rostro y miraba la superficie líquida, ajena a lo que hacían sus manos enrojecidas. Y bastaba ese leve movimiento de su cuello para que Mida regresara a un lugar perdido para siempre, a la alfombra de hojas mojadas del bosque, al aroma de las campánulas y los dientes de león en un día de lluvia. Mida la seguía para volver de algún modo al tiempo verdoso que recordaba en algunos de sus sueños, al rumor de las copas de los árboles susurrándose entre ellas, al crujido de las ramas secas cuando un animal escurridizo las oía llegar a ella y a su madre y se escondía para seguir guardando el secreto de su existencia. Pola era el sitio en el que Mida deseaba vivir, por más que las huellas invisibles que le había dejado Dios aquella noche fueran devastándola lentamente, igual que el óxido y el peso del tiempo araña algunas fachadas. A Mida le bastaba. Olía a musgo y otoño y seguía siendo ella, la extraña muchacha que miraba asombrada a su alrededor, como si el mundo fuera siempre un lugar remoto en el que estaba de paso.

Mida caminaba pisando su sombra, mirando desde muy cerca cómo los rayos más suaves del sol acariciaban los cortísimos cabellos de Pola, ondulados y del mismo verde oscuro de las hojas de vid. Así iba a ser siempre, así debía ser. Pero el joven caballero apareció una de esas tardes, inmóvil como una estatua, entre los cipreses que rodeaba las tumbas. Solo cuando levantó los ojos de los diminutos bucles que adornaban la nuca de la muchacha verde, lo vio Mida, a un lado del camino, de pie tras uno de los árboles. Su hermosura no la engañó. Ella oía cómo la casa respiraba de noche, ella era la hija del lobo y sabía que Dios era dos, o incluso tres, porque aquel joven de mirada fría que espiaba a Pola con los mismos ojos cenicientos de los zorros que vivían en el lejano bosque de su infancia, también era Dios, su versión más torpe. Ni siquiera él podía encontrar la forma de infundirle vida a aquel cadáver tan bello y tan monstruoso con el que pretendía enamorar a Pola. Mida descifró horrorizada su rostro inexpresivo. La muerte se había adueñado de sus hermosas facciones de joven heredero, de amado hijo único. Dios lo había matado para entrar en él y ser el hombre que pudiera hacer que Pola amara, pero el joven estaba muerto y era algo tan definitivo que ni siquiera Él acertaba a parpadear con aquellos ojos grises de día aciago, a sonreír a la muchacha que se detuvo en seco al verlo surgir frente a ella, asomando desde detrás de un ciprés como un mal presentimiento, tambaleándose como un príncipe borracho. Y el muerto, que nada recordaba de sí mismo, que se había dejado llevar a la otra orilla y ya no sabía andar, ni pestañear ni pensar en nada, oscilaba de un lado a otro, zarandeado por la potencia del invasor que amenazaba con romperlo a cada paso. Parecía que solo estaban las dos aunque todas las demás caminaran en fila, igual de cansadas y hambrientas. Por eso quizá no levantaban los ojos del suelo a tiempo, o lo vieron, pero creyeron que era un sueño que estaban teniendo de pie, o que por culpa de las tripas vacías pensaran que no era extraño, que allí podía haber un hombre con ese pelo largo robado a un ángel y su capa oscura. Dios era quien manejaba con torpeza los hilos de aquel joven retornado del lugar de donde no se debe volver, quien lo hizo aparecer una tarde ante Pola, que se detuvo en seco y, luego, sin que nadie en la fila de huérfanas que se dirigían al lavadero supieran por qué, dio media vuelta y echó a correr despavorida, desoyendo las voces amenazantes de las hermanas, como si ningún castigo le pareciera más insoportable que la llegada a Santa Vela de aquel forastero misterioso. Abría la boca, intentando gritar, pero el aullido no salía de su interior, le enloquecía los ojos y hacía que corriera más rápido, mirando hacia atrás para asegurarse de que Él no la seguía.

La alcanzaron cerca de la escalera de la entrada. La encerraron entre varias de las hermanas y algunas de las huérfanas, las que siempre ayudaban porque creían que les iría mejor si lo hacían. Ella temblaba pero se dejó llevar dócilmente por las monjas al cuarto de castigo. Su cama permaneció vacía aquella noche.

La madre de Mida solía cantarle una canción, allá, en la cabaña. Hablaba de un príncipe que venía de lejos, de tan lejos que mataba a su caballo de cansancio y sed y lo abandonaba al borde de un camino. Buscaba algo, el príncipe oscuro, algo que no tenía nombre ni había visto aún, en ninguno de los lugares que había ido dejando atrás. Mida recordó la nana de su madre, con los ojos fijos en el colchón vacío de Pola. La historia que le cantaba por las noches, en medio de la negrura tranquila como el lomo de un gato que las rodeaba en el dormitorio, regresó sin buscarla, por primera vez desde que la apartaron de ella. Mida no sabía bien qué era un príncipe, pero sí que aquel príncipe le daba miedo y que su caballo le daba pena, sobre todo cuando su madre cantaba con voz grave la parte en la que el príncipe se asomaba entre los árboles y, enloquecido, seguía sin encontrar aquello que le había hecho abandonarlo todo.

Al día siguiente, cuando le permitieron bajar a desayunar con el resto, Pola volvió a sentarse en su sitio. Ya no había rastro de espanto en sus ojos de piedra preciosa y su delicada corona de rizos verdes brillaba en el centro de la sala. Era casi como todas las otras mañanas, un milagro que ninguna de ellas esperaba hasta que ocurrió. Las hermanas comían al otro lado de la celosía. Santa Vela las contemplaba desde su retrato y parecía que Pola lo había olvidado todo. El pan húmedo sabía tan asqueroso como siempre, tan agrio que les lloraban los ojos, pero todas lo untaban en la leche llena de grumos sin dejar que se desperdiciara una migaja. Abajo se oían cascos de caballos. Los cocheros llegaban hasta la puerta, con los carros llenos de sacos que arrojaban ante la verja. En apenas un rato sumergirían sus manos en el agua y mirarían pensativas los camisones holgados de esas mujeres a las que no conocían, la ropa que cubría sus cuerpos de noche, las sábanas en las que se tendían a descansar de sus lentas horas de flores de interior. Mirarían ahogarse en el fondo de la pila de mármol sus vestidos de dormir, las largas mangas blancas, agitándose como brazos exhaustos bajo el agua.

Esa mañana brillante podía haber sido como siempre, tibia como los rayos de sol que les dejaban sentir sobre la nuca desnuda y las ropas ajadas esos breves paseos del convento al lavadero. Hasta la llegada de Pola, Mida nunca había pensado que las cosas debieran cambiar, convertirse en algo distinto a esa fila de monjas orugas que eran los días y ellas mismas, una procesión de huérfanas que solo rezaban, cantaban y lavaban ropa sin distinguir las palabras de la música o de los trapos húmedos que pasaban por sus manos. Fue ella quien le hizo desear otro final, que alguien reescribiera la canción triste del príncipe y el caballo muerto de sed. Que ojalá no hubiera llegado el príncipe insaciable, con sus ojos vacíos y el cabello lacio de un santo de iglesia.

Antes de que hubieran apurado el tazón de leche, la hermana a la que llamaban 41, una monja lenta y obesa, se acercó al comedor de las internas y ordenó a Pola y a ella que se levantaran enseguida y fueran a encender el fuego en el cobertizo. Obedecieron sin rechistar. Pola le sonrió y Mida pensó que era una suerte que en aquella mañana de invierno les correspondiera a ellas dos la tarea de apilar la leña seca y prenderla. Vigilarían hasta mediodía los enormes calderos de latón llenos de agua hirviendo, cobijadas en la antesala del lavadero helador. Solían salir empapadas de allí, con las manos enrojecidas y llenas de sabañones que no llegaban a curarse. Las dos salieron a la gélida mañana, siguiendo los pasos de la gobernanta gorda y marrón que parecía no sentir la frialdad del aire que a ellas se les colaba a través del delgado uniforme, que solo podrían lavar y poner a secar al final del día, cuando ya hubieran despachado el trabajo. No se dieron cuenta de la mirada ardiente de Coro, del temblor de sus manos al llevarse la cuchara a la boca por última vez. Pola caminaba junto a Mida, mirando al frente y tranquila, como si de verdad no recordara nada de lo ocurrido el día anterior, unas horas antes. Estaba tan cerca que podía oler la humedad en sus ropas. Mida conocía bien la mazmorra helada a la que había ido a parar muchas veces, a su llegada a Santa Vela. Había aprendido a controlar los intentos de huida, ya no les escupía a las monjas en la cara, pero no había olvidado el frío intenso, la incansable culebra de agua helada que discurría por la piedra del muro. Recordaba bien la eternidad de una hora allá adentro, el cansancio que hacía preferir a cualquiera desplomarse en el suelo a permanecer de pie, pese a la oscuridad que lo cubría todo y a la enloquecedora danza de cucarachas que recorrían el piso sin detenerse, trepando por las piernas desnudas, volviendo a descender a las losas, escalando las paredes resbaladizas con la terquedad de los seres ciegos, y cayendo luego, como gotas pesadas y negras. Recordaba bien todo lo que llegaba a olerse y sentirse en un lugar como aquel, parecido a un sueño de fiebre, a la garganta de un animal enfermo.

Mida se alegró de que Pola pudiera pasar las primeras horas de la jornada cerca del fuego, reconfortada al calor de la lumbre. Entre las dos fueron encendiendo los fogones y colocando sobre la llama amarilla y azul los enormes calderos llenos de agua del pozo. Oían el trasiego en la estancia contigua, las muchachas llegaba cargadas con los sacos de ropa y comenzaban a trabajar. No las veían colocar la tabla de madera en el interior de la tina, ni hundir en ella los camisones y enaguas que debían frotar con una áspera piedra de jabón hecho con grasa de cerdo, pero sí oían el chapoteo y la voz de la huérfana que empezaba a cantar primero, la eterna alabanza al Señor que sin embargo sonaba de otra forma allí, en la enorme cuadra reconvertida en lavandería donde expiaban tantos pecados que no tenían conciencia de haber cometido. Mida recordó otra vez la canción de su madre, tan distinta, la muerte de ese caballo que parecía tan real, la obstinada crueldad del príncipe que la hería en lo más profundo, y comenzó a tararearla bajito. El agua humeante del primer caldero empezó a burbujear y pasó al cuarto de las lavanderas a buscar el montón de prendas más sucias para ponerlas antes en remojo. El caballo miraba el cielo con una mezcla de sorpresa y dolor, al respirar por última vez, tendido en el camino. Esa parte era la que estaba cantando Mida cuando volvió a los fogones y vio a Pola, con el brazo en alto sosteniendo una jarra llena de agua hirviendo por encima de su cabeza. Le temblaba el pulso y un hilo de líquido humeante caía de vez en cuando al suelo, muy cerca de sus pies.

Ella pronunció entonces la primera y única palabra que Mida la oyó decir, con una voz secreta y dulce, que había guardado durante toda su vida para usarla justamente entonces.

«Ayúdame.»

Miró el brazo que ella intentaba tensar como un arco sobre sus rizos del color del bosque donde ella se había criado. Seguía temblando, como el ala de un pájaro herido. El agua caía desde la jarra de loza sobre el suelo de madera oscura del cobertizo dejando un cerco cada vez que el brazo de Pola se negaba a obedecer. Pola bajaba los ojos y miraba el reguero ardiente que ella y Mida deberían volcar con cuidado sobre la salpicadura de grasa que deja un festín en un puño de encaje, sobre la sangre de un niño decidido a no nacer en la enagua de su madre, mezclada con el jabón que las monjas elaboraban con grasa de cerdo. Miraba el agua con una tristeza culpable, como si fuera un don desperdiciado que ya no volvería a la jarra.

Una parte de Mida no quería moverse. Y se detuvo allí, a pesar de que ella avanzó hacia Pola, mirando también el agua que caía al suelo por culpa del temblor. La quería hermosa para siempre, porque la vida en Santa Vela solo se podía considerar llevadera si su rostro seguía siendo un lugar en el que refugiarse cada mañana, durante el desayuno, o en las largas horas del lavadero. La mitad de Mida se quedó viéndolo todo, como una de las niñas cobardes que miraban de lejos a las mayores burlándose de una recién llegada en el dormitorio, mofándose del pelo cortado al rape como el suyo, tirando del par de orejas desnudas y puntiagudas a las que la nueva no ha tenido aún tiempo de acostumbrarse. Pero la que amaba más a Pola, aquella que prefería vivir con lo que quedara de ella después de esa mañana, recorrió en dos pasos la distancia que la separaban de su brazo frágil y asustado. Le arrebató la jarra. Pola no se movió. Cerró los ojos y Mida también, como las monjas les decían que hicieran cuando iban a rezar.

Réquiem

En la aldea en la que vivía el doctor Keats casi todos sus vecinos habían dejado de respirar mientras dormían, escaseaban los accidentes graves y hacía años que solo atendía partos de yegua. Se había cansado de mirar por la ventana de su casa que daba al camino de entrada al pueblo. Era inútil. Ya no llegaba nadie de ninguna parte, las muertes iban sucediéndose con una tediosa regularidad y los que quedaban tapiaban la puerta de las casas cuando volvían de enterrar a su último habitante. La iglesia se cerró a la muerte del párroco y nadie sacó fuerzas suficientes para avisar a quien correspondiera de que alguien debía oficiar la misa diaria. Por eso, cuando el jardinero de Santa Vela llegó en un viejo mulo para reclamar sus servicios, Keats creyó que estaba sufriendo el primer síntoma de senilidad. Pero el animal se movía con una torpeza concreta, con esa prudencia de las bestias que recorren por primera vez un camino y dudan a cada paso. Tenía la consistencia inconfundible de los seres reales y él, tan acostumbrado ya a mirar a sus vecinos mientras iban desvaneciéndose poco a poco ante sus ojos, antes de desaparecer del todo, se retiró de la ventana y salió a recibir al recién llegado, más por pura cortesía que por verdadera curiosidad. Escuchó el relato precipitado de aquel emisario, sin terminar de entender qué había sucedido para que se reclamara su presencia en el orfanato, tantos años después de la muerte de la viuda Corven. El jardinero lo instaba a salir cuanto antes y él, ya un poco sordo, apenas había logrado extraer de su mensaje unas cuantas palabras clave, que le sirvieron para elegir al azar, de entre las estanterías polvorientas de su laboratorio, unos cuantos remedios que él mismo elaboraba en otros tiempos y que, si no le fallaba la memoria, eran asombrosamente efectivos en el tratamiento de las quemaduras. Después había cerrado con parsimonia el gastado maletín de cuero que lo acompañaba desde los lejanos tiempos de la facultad, se había puesto su sombrero de viaje con un suspiro de fastidio y pedido a su criado que ensillara a su anciano percherón.

Sí, podía decirse que había olvidado casi del todo la enfermedad, el dolor del cuerpo, a la muerte apareciendo de pronto en la vida del hombre con la violencia de una invitada inoportuna, hasta que se vio allí, parado frente al camastro de la muchacha. Se dio cuenta enseguida de que habían tardado mucho en avisarlo. «Las quemaduras no son recientes», increpó a la hermana que lo llevó hasta la celda donde la muchacha yacía, cubierta por una sábana. «Rezamos por ella, todo está en manos de Él», contestó la monja, alzando los ojos al techo de la habitación. La enferma respiraba agitada en medio de la fiebre y lo miraba desde el ojo que no había sido abrasado, implorándole en silencio. «Pobre criatura, qué te han hecho», se dijo, quitándose el sombrero de paño gris para evitar el estremecimiento que le provocaba la fijeza de aquel ojo abierto clavado en él. Pidió que le trajeran una vela para iluminar de cerca el rostro de la joven. «Tal vez aún puedas», le susurró una voz. Se ajustó las lentes de plata, entrecerró los ojos y se inclinó sobre ella, deslumbrado como cuando todo lo que podía ocurrirle al cuerpo de un hombre era razón suficiente para hacerle perder el apetito y conseguía dejarlo noches enteras en vela, intentando desentrañar una explicación, descifrar unos síntomas.

Ordenó a toda prisa que las monjas cortaran una mata de hiedra del muro del cementerio. Improvisó un emplasto con las hojas y cubrió cada herida mientras pensaba en un tratamiento más elaborado.

Pero las quemaduras mostraban el mismo aspecto desastroso cuando retiró la hiedra. Comprobó horrorizado que cada hoja que apartaba se llevaba con ella parte de la piel y dejaba en carne viva el pómulo abrasado. La muchacha gimió pero él no se dio por vencido. Sacó de una pequeña lata un puñado de hojas cocidas de té chino y las machacó en el almirez. Sabía por experiencia que solían rebajar de forma milagrosa la hinchazón del hierro candente en las quemaduras de los herreros. Sin embargo, cuando regresó por la tarde, la piel aún hervía bajo las hojas negras. El ojo derecho no había sido dañado por el agua hirviendo y permanecía cerrado, pero el izquierdo era apenas una ranura entreabierta por la inflamación monstruosa del párpado. Keats olió el rastro chamuscado de la ceja y las pestañas y recordó el tiempo en que sentía que desafiaba a las leyes de la naturaleza y a Dios. Deseó volver a vencer a la muerte, pillarla desprevenida una vez más, tomar la mano exangüe de la muchacha abrasada y traerla de vuelta. Desde siempre había imaginado la muerte como un pozo frío de agua negra que arrastraba a los heridos y los enfermos con ella, que lograba abrazar a bebés recién nacidos durante la noche y los ahogaba sin hacer ruido antes de que sus madres se acercaran a sus cunas por la mañana.

La muerte, se dijo, envolvía a los seres más nobles y fuertes, a los más desvalidos, a los hombres de mente sucia y a jóvenes tan hermosas como la muchacha quemada de Santa Vela que tenía ante sí, postrada en una cama estrecha, sumida en un delirio de fiebre que lo atormentaba. Se acercó a la ventana enrejada y siguió cavilando, buscando en su recuerdo el bálsamo que lo ayudara a sanar aquellas quemaduras que le habían quitado el apetito y le habían hecho olvidar el reuma de sus viejos huesos.

Lo intentó todo a cada momento de los días que siguieron. Probó las curas que recordó de otros tiempos, ideó algunas nuevas, cambió paños húmedos, aplicó pomadas, pero la piel de la frente, el párpado y la mejilla se fue pudriendo ante sus ojos sin que pudiera evitarlo. Después de varias tardes de paciente contemplación había aprendido de memoria el paisaje arrasado por el fuego de aquel rostro. Conocía bien el mapa de relieves siniestros que había trazado el agua hirviendo y no se cansaba de recorrerlo con la mirada, en busca de alguna mejoría, por leve que fuera. Pero la mitad izquierda del rostro seguía pareciendo la careta de cera derretida en el incendio de un baile, una hermosa máscara inútil que todavía conservaba el arco interminable de una ceja oscura, medio labio, el ojo almendrado que permanecía abierto y suplicaba. Día tras día el doctor volvió a su casa y se refugió en sus olvidados libros de medicina para seguir buscando hasta la madrugada, negándose a recordar lo que aquella pupila rosada se empeñaba en repetirle cada vez que la miraba.

A lo largo de toda esa semana durmió poco y mal. Llegaba al convento con las primeras luces y regresaba ya tarde a su aldea. Ni siquiera entonces se permitía descansar. Se olvidaba de la cena frugal y solo se acostaba después de varias horas de búsqueda, pero también entonces lo perseguía su obsesión por hallar una cura para su paciente. Revisó uno a uno todos los volúmenes olvidados desde hacía tiempo en los que se decía algo sobre quemaduras graves. Leyó repitiendo en voz alta algunos de los remedios que encontró, meditando si aliviarían las heridas de aquella joven, y apuntó en un viejo cuaderno de tapas deterioradas por el tiempo los pasos e ingredientes de cada tratamiento, temeroso de que su memoria pudiera fallarle.

Al sexto día el doctor llegó temprano, acuciado por un nerviosismo que no le había dejado pegar ojo en toda la noche. Ni siquiera se desprendió del sombrero al entrar. Pidió una palangana llena de agua helada y empapó en ella un paño suave. Con el pulso tembloroso fue retirando la máscara de hojas frescas de saúco que había aplicado hora atrás sobre las heridas. Era el último remedio que le quedaba por probar de entre todos los que había encontrado, la última oración que rezaba Keats como hombre de ciencia, temeroso de que aquel milagro le estuviera vedado después de toda una vida de entrega a la única religión que conocía.

Algo había cambiado, se dijo. La muchacha permanecía con los ojos cerrados, como si hubiera logrado dormirse al fin y ni siquiera se estremeció al notar la frialdad del agua en la mejilla. La mitad sana de su rostro mostraba una paz nueva y el viejo médico lo supo incluso antes de que el párpado teñido de un nuevo tono cárdeno apareciera ante sus ojos. Lo respiró en el aire. Tenía el color de la fruta vencida por el tiempo, de la podredumbre. El tono exacto de la carne que se rinde, de la gangrena que avanza como un jinete sombrío. Sintió que no podría hacer mucho más que contemplar aquel paisaje desolado mientras admitía su derrota. La muchacha ya no olía solo a bosque quemado, hedían en su ojo y en su pómulo todos los animales que habían quedado atrapados en él, petrificados en el centro del incendio.

La muerte se reía de sus esfuerzos. La joven se mecía al fin en sus brazos, como una niña adormilada. En la celda casi a oscuras, de pie junto al camastro, el doctor Keats tuvo que admitir la derrota. Dudó un instante. Recordó todas las ocasiones anteriores en las que debió rendirse y salir de la habitación de un enfermo en la que ya solo cabía esperar la llegada de un sacerdote. Abrió tembloroso el maletín que no volvería a usar, tanteando el frasco de cristal que había metido en su maletín aquella mañana. Admiró el maligno brillo verde oscuro del líquido en su interior y desenroscó el tapón de vidrio. Calculó mentalmente cuál era la dosis que necesitaría para adormilar a dos muchachas como aquella que iba hundiéndose en el agua negra y fría de un pozo, sin que él pudiera hacer nada más que mirarla. Volcó el narcótico en su pañuelo de seda y lo acercó a los labios de la joven. Extrajo su reloj del bolsillo del chaleco, y no apartó los ojos de las lentísimas saetas hasta que le pareció que la respiración de Pola era tan leve, tan fácil de cortar como un hilo de seda.

La madre y las dos hermanas mayores recibieron en el salón principal al mensajero recién llegado desde Santa Vela. Las hermanas escucharon sin pestañear. La madre, convertida en una anciana prematura por el remordimiento, soltó su bastón y se desmayó en cuanto el hombre terminó de hablar.

No había tiempo que perder. La primogénita recorrió cada habitación y fue parando uno a uno todos los relojes, mientras ensayaba para sus adentros un llanto de funeral. La segunda escribió una nota apresurada y mandó recado al maestro carpintero.

Jeronimus había amado de oídas la hermosura inalcanzable de la niña pero nunca llegó a verla y a saber que era merecedora de todo lo que se decía de ella. A veces, cuando en la calle de los artesanos se extendía el rumor de que la madre y sus tres hijas paseaban cerca de allí, Jeronimus se escondía en el fondo de su taller y temblaba imaginando que la más alta, la menor de las hermanas, la muchacha del inexplicable pelo verde, entraba en su escondrijo y lo descubría a él, en el centro mismo de su soledad, tan feo como el mismo demonio, agazapado tras un enorme féretro negro que había servido de muestra para el que finalmente ocupó un prohombre de la comarca. La sombra del ataúd le servía de refugio a él, que se sabía cheposo y torpe, un hombre gárgola que había encontrado su único poder en las manos fuertes de carpintero, capaces de leer en las vetas de la madera, de dominar el cadáver de un árbol. Jeronimus se enamoró sin necesidad de que sus ojos de pequeño roedor sometido a la oscuridad permanente de una covacha en el barrio de los comerciantes le dieran la razón. Se dejó deslumbrar por las palabras ajenas, por las exclamaciones de los que sí la habían visto y se habían atrevido a mirarla y codiciarla largamente. Coleccionó en su mente vacía de casi todo las descripciones que iba oyendo de aquella enredadera vegetal de su cabello, del porte acipresado que hacía que sus hermanas parecieran feas sin serlo. Jeronimus fantaseó desde las tinieblas de la ausencia como tantos otros con el cuerpo esbelto y las ramas rizadas de sus cabellos, con los ojos del color de un vino joven que siempre parecían somnolientos. La amó más aun cuando le contaron que nadie había oído su voz, que la muchacha más bella no tenía garganta. Lo consoló saber que Pola, la bella, no podría expresar su horror al mirarlo si al final se cruzaban en alguna de las callejas empedradas y no le daba tiempo a esconderse en su guarida.

Una noche el diminuto Jeronimus soñó que sus manos de hombre grande y fuerte, aquellas manos que eran una burla incomprensible en alguien de su tamaño, en una criatura por lo demás anómala y retorcida como un sarmiento, acariciaban el cuerpo desnudo de Pola, que era un tallo esbelto, un alerce joven, el más perfecto que él, despierto o dormido, hubiera visto jamás. Allí estaba, podía verlo tendido en el suelo de piedra de su trastienda, como uno más de los troncos que debía convertirse en ataúd. En su sueño había contemplado largamente a Pola, calculando sus medidas antes de atreverse a acariciar siquiera la corteza suave, en busca de los nudos de la madera que debería limar y barnizar. Ella no abría los ojos solo porque los árboles no tienen ojos y él pudo suspirar aliviado y arrodillarse tan cerca de su pelo que pudo oler la mezcla de raíces y hojas que desprendían sus rizos, sentirse dueño del destino de aquel alerce antes de que el gallo cantara desquiciado, en algún rincón de la madrugada, y lo devolviera al raquítico jergón que el amo del taller le había improvisado años atrás, cuando entró al taller como aprendiz, en una esquina, junto a los ataúdes ya acabados.

Imaginó muchas veces que tallaba la caja que contendría los restos de Pola. Deseó que muriera para hacerle el mejor de los regalos, el único que se atrevería a ofrecerle y que ella se llevaría al fondo de la tierra. Jeronimus se acariciaba pensativo los ralos cabellos y fabulaba aquel féretro mientras masticaba el mendrugo de pan correoso y la tira de queso viejo que comía cada día, antes de regresar al trabajo. Siempre se moría gente, siempre tenía que morirse alguien. Ella también, y rogaba que lo hiciera antes que él, pero no tan pronto, no tan pronto. La noticia de su agonía en el convento corrió como la pólvora y Jeronimus tuvo que lamentar amargamente que la desgracia hubiera sido tan repentina. Se quejó entre dientes de que la muchacha no hubiera sufrido una enfermedad lo suficientemente respetuosa que le hubiera brindado el tiempo necesario para unir como si fueran las vértebras de un sinuoso animal la media docena de listones primorosamente lijados que formarían un lecho de cedro oloroso. Para distraerse en las largas horas que pasaba privado de la luz del sol, rodeado de virutas de madera que acentuaban su tos crónica, Jeronimus había discurrido la curva exacta de las dos grandes alas de mariposa que grabaría en los laterales de la caja blanquísima con acabado de porcelana y pulida hasta la obsesión. Había elegido mentalmente el tono exacto de plateado, los metros justos de aquel delicado raso color hielo que encargaría en el almacén de telas nobles y que recubriría el interior como las últimas sábanas sobre las que descansaría la espalda arqueada de Pola. Por eso esperó compungido a que se secara el barniz del humilde ataúd de pino que eligió una de las hermanas, cuando se presentó en el taller anunciando su muerte. Medio atontado aún por el olor a brea que tuvo que aplicar a toda prisa para cumplir el acuciante plazo del encargo, sin dejar de comparar mentalmente aquella vulgar caja con la que debía haber sido y no fue, el que nunca llegó a construir, aquel que habían idealizado en su mente el tiempo y la fatalidad, cuando vio cómo dos de los servidores de la casa, vestidos de negro de la cabeza a los pies, irrumpían en el taller sin cruzar una palabra con nadie y se llevaban en volandas el humilde recipiente de madera pálida destinado a albergar el cuerpo de Pola.

La muerte se adueña enseguida de aquellos lugares donde se le permite entrar. Pronto todas las doncellas cambiaron la cofia blanca por una negra y se cerró con llave el dormitorio que había ocupado Pola. La noticia se extendió por el condado y las damas vecinas buscaron en sus armarios las pieles y los sombreros con plumas negras más adecuados para ir a presentar sus respetos a la desolada familia.

Mientras tanto un carruaje adornado con crespones negros surgía de la ventisca y se detuvo ante la reja del convento. Dos hombres, un viejo y un joven enlutados, se apearon del pescante con las piernas entumecidas y la vaga sensación de haber quedado atrapados para siempre en la pesadilla de alguien. El otoño que los había acompañado toda la mañana como un amable anfitrión se había desvanecido de pronto, derribado de un manotazo por la violenta nevada que en un parpadeo cubrió la hojarasca y borró los bosques dorados que flanqueaban el camino. Durante el resto del viaje los caballos tuvieron que galopar a ciegas, con las crines cubiertas de escarcha. Tiritando, los dos lacayos habían intentado hablar en algún momento para quebrar aquel sueño de otro que los contenía, pero entonces un aire gélido les cortaba la respiración y hacía que sus dientes castañetearan sin remedio. El viento, en cambio, no calló en todo el camino y el sirviente viejo hubiera jurado que repetía una y otra vez una insistente plegaria, el rezo de un viejo enloquecido, repetido hasta la saciedad, aferrándose a cada palabra en busca de la salvación o el perdón. «Vaya ocurrencia, me estoy volviendo loco», pensó, y maldijo de nuevo a las amas de la casa que lo habían elegido a él y le habían ordenado uncir los caballos negros del difunto señor, los que él prefería cuando salía de viaje porque eran los más rápidos de la cuadra. El joven criado tampoco habló, concentrado como estaba en distinguir el sonido metálico de los cascos, que parecía ahora misteriosamente lejano, amordazado por el silbido de la borrasca, tan poderosa y súbita. Le daba miedo no escuchar el ruido de sus propios pasos, envuelto en aquel manto blanco, en la letanía del viento que gobernaba ahora el viaje y hacía que el carruaje temblara en aquella punta de la comarca en la que de pronto se había hecho el invierno.

Seguía nevando ante Santa Vela, pero misteriosamente la fachada negra del convento no había sido cubierta por la nieve incansable. Los dos criados bajaron de un salto y cargaron el sencillo ataúd de pino que el maestro carpintero había entregado esa misma mañana en la mansión de la señora. La nieve crujió bajo sus pies y guardó como una enemiga rencorosa la huella de sus pasos vacilantes. Ante la reja aguardaba una sombra que señaló la puerta principal con un gesto de estatua. Los dos lacayos la siguieron al interior sombrío sin llegar a contener del todo un violento castañetear de dientes. Atravesaron un corredor y fueron dejando atrás una eternidad de paredes desnudas y ventanas tapiadas. La monja entró al fin en una estancia vacía que exhalaba un aliento helado de enfermo terminal y se detuvo junto al único mueble de la habitación, una cama estrecha y señaló el bulto cubierto por un lienzo blanco. Los dos criados se estremecieron a la vez. Uno sintió que el clima era aún más inclemente allá dentro que en el exterior del convento. El otro recordó cómo de niño había vigilado a Pola oculto entre las sombras de la angosta escalera de los sirvientes. Sin mediar palabra, dejaron el ataúd en el suelo. El criado muerto de frío se acercó a la cama y alzó la parte superior del cuerpo. El criado, que aún recordaba la luz que le hirió al mirar a la niña por primera vez, vaciló un momento. «Nunca pensé que podría tocarla», se dijo, y recorrió también los dos pasos que lo separaban de aquel lecho que aún olía a hierbas y madera quemada. Asió las piernas de la señorita Pola. Sintió la fragilidad de sus huesos, la tibieza de una carne joven al otro lado de la sábana, sus piernas y cerró los ojos. Dejaron con suavidad el cuerpo en el lecho de madera sin forrar y el primer criado cerró la tapa del ataúd sin miramientos, maldiciendo el invierno endiablado que había caído de pronto sobre la región como una larga capa. «Vámonos, antes de que se nos eche la noche encima», instó a su compañero. Izaron el féretro y salieron del convento, sin reparar siquiera en que la más joven de sus amas todavía respiraba débilmente bajo su mortaja.

El don

La bruja pelirroja, ensordecida, pensó de nuevo en su hija, un bebé desnudo y vencedor que correteaba por su paraíso perdido. Se aferró a ese recuerdo más allá de los huesos calcinados que quedaron expuestos al pie de la hoguera, hasta que al atardecer del tercer día el sepulturero se acercó, como una alimaña, y los cargó en su cochambrosa carretilla. La tea apenas humeaba ya en el centro de la plaza, el incendio se extinguía, devorándose a sí mismo El hombre vivía solo como un apestado y todos lo despreciaban por su trato directo con los muertos. Empujó la carretilla hasta llegar a las afueras. Allí excavó un agujero donde arrojó sus restos, impasible, como si fueran los huesos de cualquiera, los huesos de un muerto más. Unas paletadas de tierra negra cayeron sobre la joven bruja, la igualaron al resto de los condenados que habían sido conducidos por el mismo hombre al cementerio anónimo de suicidas, asesinos y hechiceras. La tierra la cubría y no le importó. No había cruces, ni flores o piedras que recordaran que estaba allí. Pero ni reducida a una calavera triste y a un racimo de costillas ennegrecidas, sepultada extramuros junto a otros malditos que dormitaban y rechinaban los dientes, maldiciendo su suerte, la amante del lobo dejó de soñar los primeros pasos triunfales de un diminuto bebé pelirrojo.

Bajo tierra la bruja sonrió tristemente pensando en las cenizas que se elevaban hacia allá arriba, como buscando la salvación que a ella le había sido negada. Pensó en su hija pero ya no podía verla, estaba demasiado lejos de la vida. Ni siquiera sentía las lenguas de fuego que habían picoteado cada rincón de su cuerpo, que se alejaban y regresaban luego con más dolor. Ya no podían herirla. La bruja cerró los ojos. No escuchaba los gritos de la turba ni el crepitar de las llamas. No oía nada, nada más que la voz de él, el suave aullido de un lobo a lo lejos, al principio, más cerca cada vez. La bruja se concentró en su voz y volvió a entenderla. El lobo fue dictándole desde algún bosque cercano, parecido al que había sido suyo, las palabras que la bruja debería traducir al lenguaje de los humanos, las únicas que tenía que pronunciar para que se hicieran ciertas y se cumplieran en el destino de la pequeña a la que una de las madres negras se había llevado en brazos, lejos del incendio.

«Serás afortunada, hija mía», fue repitiendo cuidadosamente, antes de cruzar los huesos calcinados de sus brazos sobre el pecho y quedarse inmóvil en el interior de su nicho de tierra. «Podrás huir allá donde quieras ir, te escaparás de todos los lugares terribles a los que ellas te lleven y tu padre siempre estará contigo.»

Su voluntad

Un índice helado le rozó la mejilla y la hermana Priscia se sobresaltó ligeramente. Luego sonrió, aliviada. Pensó por un momento que seguía dormida y se vio soñando en la oscuridad de su alcoba, situada en la torre del homenaje del último piso de la casa, el único lugar en el que podía quedarse a solas sin que nadie en el convento sospechara que Él aparecía algunas noches. Quiso creer que era ya toda su mano la que le recorría el rostro, anunciándole que había llegado antes de tumbarse sobre su cuerpo desnudo, como tantas otras veces. Pero no logró engañarse más allá de esos pocos segundos en que la conciencia despierta se empeña torpemente en desandar el camino y regresar a la historia feliz de un sueño. Suspiró de nuevo, ahora resignada y abrió los ojos. Vio que las demás seguían rezando las oraciones de maitines a su lado, arrodilladas en la capilla. Nadie se movió, ni descruzó las palmas entrelazadas de las manos. Entonces oyó su voz, la voz de Dios, comunicándole en un susurro su decisión irrevocable de abandonar Santa Vela. Pero nadie levantó la vista del suelo, nadie más pareció oír aquellas palabras terribles. Solo Priscia sintió cómo la corriente helada le removía burlonamente la toca y luego serpenteaba entre los bancos en dirección a la puerta, al tiempo que la recorría por dentro, como si ella misma fuera uno más de los innumerables pasillos deshabitados de la casa de los que su frío pudiera adueñarse. Comprendió que aquella revelación de la huida era cierta, que no le llegaba desde la ensoñación en la que cualquiera de las monjas podía haber caído unos segundos, tras varios días de insomnio y ayuno en los que las visitas del médico y la salida de Santa Vela de la muchacha herida la tarde anterior consumieron el tiempo de todas las habitantes del convento. Priscia entendía ahora la nube alargada de plomo que desde la tragedia atravesaba el cielo y se clavaba en el tejado de la casa como un dedo acusador. Encontró el sentido a la inoportuna nevada que convirtió el camino hasta la entrada en un infierno blanco, en un grito silencioso. Le bastaron unos pocos segundos, los que tardó en recorrer el pasillo central el viento helado que levantó el filo de los hábitos de algunas de las monjas que seguían absortas en sus oraciones, para comprender que Él estaba detrás de cada uno de aquellos gestos de un invierno repentino e inexplicable. Quiso correr en su busca, aferrarse a Él, a sus piernas de hombre amado, y retenerlo allí, en el lugar que había dedicado a honrarle. Pero Dios ya había abierto violentamente la puerta de la capilla y Priscia volvió a escuchar sus palabras:

«Castígala o no volverás a verme.»

Pudo verlo un instante, cubierto con una capa negra que ondeaba a sus espaldas como dos enormes alas oscuras. Dios se volvió para mirarla antes de que el portón se cerrara con un golpe brusco y Priscia sintió que Santa Vela era un lugar vacío desde entonces. Las otras monjas dejaron de rezar y despertaron a la mañana helada, santiguándose a coro.

Sí, ahora lo entendía. Habían pasado varios días desde el inexplicable suceso de la lavandería. El convento había quedado sumido en un silencio feroz que nadie parecía capaz de romper. La voz de las hermanas entonando los cantos de cada mañana parecían débiles susurros. Las jarras de vidrio se caían de las manos de las cocineras, pero nadie era capaz de oír con claridad el ruido del cristal estallando contra el suelo. Los relámpagos que iluminaron el cielo plateado no llegaban anunciando trueno alguno. Todo se había quedado callado en Santa Vela y las muchachas lavaban la ropa, ajenas al chasquido del agua entre sus manos enrojecidas, sin oírla ni sentir el frío en las heridas abiertas. El silencio era otra de las señales, otro de sus signos. Dios necesitaba que el mundo diera miedo cuando quería hablar. Todos los presagios del cielo, cada pequeño gesto de la vida cotidiana convertida en una pesadilla de sí misma se aliaban para que su voz resonara aún en la cúpula de la capilla, para que ella supiera que las había abandonado del todo, que no regresaría si no cumplía su parte. Priscia pensó en las orugas que recorrían el patio en primavera, obcecadas en el orden de una interminable fila verdosa que reptaba partiendo en dos la cuadrícula de losas de piedra. Cada una de aquellas repugnantes criaturas creía a ciegas en el sentido de su absurda peregrinación. Cuando Priscia se encontraba con la siniestra procesión atravesando el atrio, ordenaba a la hermana jardinera que acabara con ellas. La monja salía del cobertizo donde guardaba sus herramientas con un leño humeante en la mano y lo acercaba a la hilera de orugas, que empezaba a arder como si en realidad hubieran nacido solo para eso, para morir abrasadas en una mañana de mayo, en medio de aquella irracional caminata que nunca se les permitía concluir.

El castigo

La hija de la bruja permanecía aislada en una celda desde que se supo lo que había pasado en la lavandería. Una de las internas confesó que la había visto arrojar el líquido hirviendo sobre el rostro de la muchacha por la que no se pudo hacer nada, a pesar de los días de rezo y los cuidados del médico. La testigo relató, temblorosa, cómo por la mañana había entrado algo más tarde en la lavandería por culpa de su cojera. Quizá por eso asistió al preciso momento en que aquella huérfana a la que las madres negras habían rescatado del fuego de la hoguera levantaba la jarra en el aire. La hermana Priscia escuchó impertérrita la declaración de la huérfana tullida, que explicó que todo había sucedido muy rápido y que ni siquiera tuvo tiempo de reaccionar. Acertó a llamar a las hermanas, espantada, cuando vio que ella se llevaba las manos a la cara. «¿Quién era ella?», preguntó Priscia. Ella, contestó Esperanza, era la chica herida que no hablaba y que ni aún entonces, con la cara en carne viva, supo gritar. Solo se cubrió las espantosas heridas con las manos, no, no, ella no había hecho nada para provocarla, de eso estaba segura, se había quedado quieta, de pie frente a la agresora, no hablaba ni hizo ningún gesto, no le pegó, ni le escupió, no hizo nada que pudiera provocarla, fue la otra, la otra quien simplemente la atacó llena de rabia. No, no podía saber por qué lo había hecho. La vio en sus ojos, eso sí, la rabia, en el fondo de sus ojos y en la sonrisa torcida con la que se volvió para mirarla cuando la oyó gritar pidiendo ayuda.

La hermana que transcribía sus palabras lentamente concluyó de copiar, leyó el texto como si le costara reconocer su propia letra y le tendió la pluma de ánade a la muchacha, indicándole donde debía firmar su testimonio. Esperanza repasó mentalmente los trazos simples del aspa de un molino que le habían enseñado a hacer, tanto tiempo atrás, y estampó una equis de tinta púrpura en el hueco señalado. Cuando la misma hermana le quitó la hermosa pluma de ganso de las manos tuvo la sensación de que le arrancaban algo que no hubiera sabido determinar, un bien precioso que ni siquiera había sido consciente de poseer hasta ese mismo instante.

A la hija de la bruja la habían encerrado en una de las mazmorras del sótano, alejada de todas ante el temor de que su maldad se contagiara como unas fiebres. La hermana Priscia bajó seguida de una de las novicias más fornidas los cincuenta estrechos peldaños que la viuda Corven había mandado tallar en la piedra que conducía a las bodegas donde nunca se llegó a guardar una botella de vino. Llevaba una vela en la mano. Priscia no pensaba en el precario filo de aquellos escalones, en la más que probable caída, pero la otra monja, cargada con un cuenco lleno de agua y una escudilla de sopa, vigilaba cada paso de la superiora antes de dar el suyo. Priscia no temía. No quedaba nada a lo que tenerle miedo. Era verdad que Él no había vuelto, era verdad que las había abandonado a todas, a ella también. Bajaba con la mirada clavada en la pequeña luz amarilla del cirio, la luz insignificante que sin embargo contenía cualquier incendio. Oía a las ratas correr enloquecidas encima de su cabeza, como un eco de sus pensamientos. Las ratas, por todas partes.

Atravesaron el raquítico pasadizo avanzando entre las sombras, intentando no respirar la fétida humedad que desprendían las grietas de las paredes. Dejaron atrás las diminutas celdas vacías, una, dos, tres, cuatro, cinco, y se detuvieron frente a la última de todas.

Priscia la oyó respirar al otro lado de las rejas antes de que el débil resplandor de la vela iluminara el bulto acurrucado en un rincón, los ojos de la alimaña que intentaba protegerse con la mano extendida de la luz inesperada. Hizo un gesto a la hermana, que depositó en el suelo los dos recipientes y sacó del bolsillo de su hábito la llave con la que había abierto la puerta todas las veces que había bajado el alimento a la huérfana en esos días de encierro.

«No, déjelo todo ahí. Deme la llave y váyase.»

La monja la miró confundida, pero se apresuró a obedecer de nuevo. Extendió la palma abierta de su mano y Priscia tomó la llave, que apretó con fuerza. Alzó la mirada, agudizó el oído.

Las ratas seguían trotando de un lado a otro.

Está muy oscuro, vaya con cuidado. No se apresure al subir la escalera. No mire a los lados y ayúdese de las manos en la subida.

Esperó pacientemente a que la atemorizada novicia se alejara por el estrecho pasillo. No se movió ni dijo nada hasta que sus pasos vacilantes dejaron de rebotar en las paredes, creciendo en la oscuridad envueltos en el goteo insistente del agua sucia que caía por las rendijas de los muros. Dio un paso al frente. Vio los ojos grises de la niña, estrechos como los de un lobo. Le pareció oír una risa sofocada que venía del fondo de la celda. Dio una puntapié al cuenco de la sopa, tan gris como esas pupilas burlonas.

La hija de la bruja habló, pero Priscia no oyó su voz, por más que fueran sus labios los que se movían. Ella podía verla, encogida en el suelo, arrodillada pero alzando el rostro picudo para mirarla desde su agujero, con los ojos de una alimaña y esa boca que escupía veneno.

«Ella te lo robó», susurraron sus labios, con una voz que no era, no podía ser la de la una niña escuálida y asustada. Los labios de una adulta, los pómulos afilados de una condenada a muerte dispuesta a no marcharse sola.

«Luego yo se la robé a él y la puse a salvo.»

Priscia apretó los dientes. Y su enorme sandalia, su pie de hombre fuerte, arrojó el cuenco lleno de agua contra la pared.

«Eres la hija del demonio. Que él se apiade de ti.»

Regresó llevándose con ella la luz moribunda. Al llegar al pie de la escalera aún podía escuchar el eco de una carcajada hiriente. Se volvió a mirar la negrura que se había adueñado del camino de vuelta y apagó con los dedos la vela, como si dejarlas a ella y a su risa allí, sumidas en la más profunda oscuridad, fuera lo mismo que matarlas.

Infierno

Bajaron y supo que eran dos, esa vez.

Su estómago empezó a rugir y Mida se odió por necesitar tanto algo que viniera de ellas. La saliva humedecía sus dientes pero estaba tan magullada que supo que no iba a poder arrastrarse hasta la puerta para coger la escudilla y beber un sorbo de sopa tibia. Sentía en la frente y los labios las heridas abiertas del látigo con el que la había azotado la hermana que entró en la lavandería al oír los gritos. Las demás se fueron acercando. Como un enjambre oscuro. Después del primer golpe intentó levantarse, pero una de ellas alzó una cruz negra de madera por encima de su cabeza y solo tuvo tiempo de cerrar los ojos antes de que la dejase caer. Notaba la frialdad de la costra de sangre seca en la raíz del pelo, como un sombrerito oscuro cosido con agujas en lo alto del cráneo. No se atrevía a palpar el ojo izquierdo, tan hinchado que apenas podía abrirlo, como si fuera una puerta encallada. Habían seguido golpeándola hasta que se orinó encima. Pero no gritó ni una sola vez. Pensó en Pola, mientras le pegaban, en la paz de su rostro desfigurado, en que ella se la había dado. Luego se desmayó. Al despertar sintió una aguja afilada atravesándole las costillas cada vez que respiraba. No sabía que el cuerpo pudiera doler desde la raíz del pelo a las uñas, ni de tantas formas distintas.

El chasquido de sus pasos crecía entre las paredes. «Por qué vienen dos», se preguntó tiritando de miedo, arrodillada en el rincón más apartado de la puerta. Siempre bajaba la misma monja con la bandeja. Mida había aprendido a distinguir sus pasos, el jadeo de su respiración. Sostenía en la mano derecha una palmatoria que le permitía ver a medias un rostro del color de la cera. Abría la puerta desvencijada y empujaba con el pie la bandeja. Cerraba de nuevo y volvía a marcharse sin cruzar una sola palabra con ella. El ritual se repetía, no hubiera podido decir si dos veces al día o solo una, porque el tiempo en esa oscuridad húmeda era una línea infinita. Con frecuencia Mida se quedaba dormida de pura debilidad y se dejaba arrastrar a un mundo de sueños alucinados, sueños terribles en los que sentía el crepitar amenazador de un incendio avanzando hacia Santa Vela mientras todas seguían rezando y lavando ropa manchada de sangre sin hacer nada para salvarse, sin intentar siquiera la huida. Sueños dulces en los que se encontraba de nuevo con Mida, tal y como era el día que llegó a Santa Vela y la vieron entrar en el dormitorio de las Invisibles, con su coronita de rizos verdosos y el uniforme gris que nunca llegó a convertirla en una miserable. La miraba levantarse de su camastro, caminar por el patio hacia el refectorio con la inocencia de quien no sabe que traslada la luz de un lado a otro. Le aliviaba tanto comprobar que su belleza seguía intacta que cuando sabía que estaba a punto de despertarse seguía aferrándose al sueño, se negaba a abandonarlo pero no servía de nada y despertaba sollozando. Seguía sentada en el mismo suelo de piedra, tan quebrada por los golpes como antes. Llegó a pensar que sería siempre así, que la habían condenado y se pudriría allí, en un agujero bajo tierra. A ratos estaría despierta en medio de la oscuridad, a ratos la vencerían el cansancio y el hambre, la esperanza de disfrutar de nuevo de la presencia de Pola, del espectáculo milagroso del sol bañando su nuca desnuda.

«Vienen dos, por qué –se preguntó–, por qué.»

Y entonces la escuchó, ordenándole a la hermana que traía la comida que regresara arriba. Vio que dirigía la vela hacia el interior de la celda, buscándola. Los otros pasos se alejaban, lentamente. Clavaba en su ojo derecho, el único con que aún podía ver algo, ese resplandor cegador. La luz amarilla e inmóvil de la vela la vigilaba y aunque la hermana Priscia permanecía sumida en las sombras había reconocido su voz metálica, aguda solo al principio, ronca como la de un hombre al final de cada frase. La observaba en silencio y Mida hubiera querido no estar ya medio muerta, le habría gustado ser capaz de increparla a ella y al resto por permitir tanto sufrimiento. Lo intentó, quiso alzar la voz en ese instante, confesarle a aquella mujer que parecía un hombre disfrazado, que ya no la temía, que estaba deseando que llegara el momento en que todo acabara, que en alguna parte, algún día, las guardianas de Santa Vela, las que habían cortado el cabello a tantas niñas recién llegadas, las que las mataban de hambre y de miedo, las que las esclavizaban, deberían pagar por sus pecados.

Pero su voz era como el hilo de agua que se ahoga en el interior de un grifo cerrado. No llegó a brotar de su garganta, se quedó estancada allí, inútil, cada vez que intentó alzarla. Entonces la luz dejó de herirle el rostro. Oyó el ruido de los dos pequeños cuencos estrellándose contra la pared.

«Eres la hija del diablo. Que él se apiade de ti.»

El sonido de sus pasos se perdió a lo lejos y Mida llegó a pensar que también eso lo había soñado.

Salvación

Estaba tan oscuro que no pudo verla, pero olía como solo olía ella. Las demás se habían ido convirtiendo en un único olor, el de la tela gris de los viejos vestidos mezclado con el sudor y el hedor de las ropas sucias que lavaban en una pila de agua cada vez más sucia. Las monjas les hacían rezar cada mañana antes del trabajo y decían que acabarían limpias a puro de tratar con la inmundicia, que así las salvarían de ellas mismas y de los pecados que se les agarraban al pelo por corto que lo llevaran, a las orejas como cera, a los ojos como legañas de muerto. Pero Mida nunca acabó de creer que fuera capaz de salvarlas aquel hilo de agua negra que devoraba el primer vómito de un bebé, la última sangre escupida por un enfermo de tuberculosis. Recordaba de lejos el olor de su piel, podía pensarlo a veces, saber cómo había sido antes de que todas durmieran juntas y comieran el mismo plato dos veces al día. Pola, pese a todo, olió todo el tiempo a ella misma y por eso, porque tenerla cerca era respirar un jardín mojado, supo que había venido aunque no pudiera verla.

El dolor insoportable del ojo y su olor a fruta podrida la atormentaban a todas horas. A ratos notaba el calor de la fiebre apoderándose de su cuerpo y un minuto después se estremecía y tiritaba. No podía dormir y dejaba que las horas transcurrieran sin más. Sabía que nadie la oiría si intentaba gritar. Sabía que ni siquiera tenía fuerzas para gritar. Se había dado por vencida y esperaba que el dolor se cansase de ella. Tenía que estar despierta, pero esta vez nada anunció una llegada. Ni el rumor de pasos ni el crujir metálico del manojo de llaves ni la pequeña luz enfermiza que las madres negras traían consigo. Nada. Solo supo que Pola había llegado cuando escuchó el chirriar de la puerta. Alguien empujaba desde el otro lado, suavemente. Mida estaba despierta porque pensó que era imposible que la puerta cediera sin más, que hubiera pasado los últimos días dentro de una celda que nadie se había asegurado de cerrar con llave. Solo alguien que estuviera despierto a pesar del dolor y el frío podía reconocer el aroma que lo invadió todo en cuanto ella se arrodilló a su lado, el perfume que no le quitó nadie. Un mechón de su pelo le acarició la punta de la nariz. Sintió que estaba a punto de echarse a llorar y que ya no le importaba lo que pudiera dolerle. Cogió aire para respirarla bien, se concentró en aspirar el frescor que surgía de su cabello, maravillada de que hubiera vuelto a crecerle tan pronto. El agujero oscuro había dejado de oler a orina, a hierro y excrementos. Habían plantado un bosque en el sótano y supo que sería capaz de echar a andar y de escapar de allí en cuanto Pola le cogió la mano y tiró de ella para que se pusiera en pie.

Epílogo

Ante la puerta de hierro forjado del panteón, la noche seguía siendo noche y el rostro de Pola permanecía en sombras. Mida hubiera querido ver su cara de nuevo. Hubiera querido pedirle que la acompañara un rato más, pero no tuvo tiempo. Sin mediar palabra, Pola volvió a bajar la escalera que conducía al laberinto subterráneo y se esfumó, dejando el chirrido de la cancela como única señal de que todo aquello había ocurrido, de que en verdad había bajado al infierno a buscarla y la había sacado de allí. La libertad se convirtió de pronto en un lugar desierto, sumido en la oscuridad, y Mida deseó regresar allá abajo, adentro, al pasadizo. Añoró desde entonces la silueta de Pola guiándola como si atravesara un corredor de la casa en la que hubiera vivido muchos años, como si llevara mucho tiempo vagando por aquel subterráneo iluminado mansamente por algunas antorchas. Mida echó de menos la luz suave que envolvía el camino y que al principio, pese a su tibieza, la había deslumbrado. Pensó vagamente que había visto antes una luz como aquella, pero no fue capaz de precisar dónde. No hubiera sabido explicar que la luz que emanaba de las teas era casi el recuerdo de la luz, la luz adormilada, irreal, que algunas veces se ve en medio de un sueño y las dos la atravesaron como si fueran personajes atrapados en los ojos de un durmiente. Pensó a ratos que tenía que estar soñando, solo así podía explicarse que Pola se deslizara delante de ella, tan ligera como si flotara. La seguía sin recordar siquiera que en algún momento habían dejado atrás la celda maloliente de la que creyó que no iba a salir jamás. No se percató de que no le dolía ya la pierna quebrada ni el ojo que le habían cerrado a golpes con un crucifijo, de que podía caminar y verlo todo. El simple hecho de poner un pie delante de otro y no tropezar con la pared, de caminar con libertad era un milagro que requería toda su atención. Seguir la senda del cabello prodigiosamente largo y verde, sentir mientras seguía a Pola que de alguna forma aquello era posible y las dos habían sobrevivido le produjo la primera felicidad intensa y continuada en mucho tiempo. No había tiempo de pararse a preguntar adónde iban, por qué había ido en su busca. No quería saberlo. Pensó tan solo, con esa lógica del que necesita explicarse que conoce el mundo que recorre mientras sigue durmiendo, que no habían subido ninguna escalera, que caminaban siguiendo una eterna línea recta bajo el cementerio de las hermanas. De vez en cuando, en un recodo, surgía la escalera que conducía a una puerta de hierro que Mida miraba de reojo, celdas distintas a la suya, sepulcros enrejados que acababan allí y comenzaban en el jardín de tumbas que rodeaba el convento. Una mañana, mientras se dirigía a la lavandería, se paró a mirar cómo por el camino que conducía al cementerio desfilaba una docena de monjas. Cargaban entre todas una caja rectangular. Mida recordó el ejército de hormigas diminutas que vio una vez transportar a toda velocidad el cuerpo inmóvil de una abeja. Cruzaban el suelo del lavadero sin reparar en las muchachas gigantes que podían pisotearlas en un descuido, guiadas por la enloquecida misión de llevar hasta el agujero de su hormiguero, cuanto antes, a la abeja muerta. Las monjas caminaban a un paso lento, pero conducían la caja que apoyaban en sus hombros con la misma determinación inexorable. Mida las siguió con la mirada, girándose a ratos y hasta aminorando la marcha, aún a riesgo de ser sorprendida por la guardiana. Las observó mientras sus compañeras le lanzaban miradas de reproche, hasta que las hermanas depositaron el enorme cofre en el suelo y se arrodillaron ante él. Hipnotizada, vio cómo juntaban las manos y comenzaban a orar en silencio durante lo que le pareció una eternidad. Después, movido por una señal que solo ellas parecían haber escuchado, el grupo se puso en pie y se inclinó sobre la caja grande de madera, como una manada de animales negros. Una de ellas, la más anciana y encorvada, portaba un candil y caminó abriendo paso a las demás, en dirección a la estatua. Desapareció de pronto, lo mismo que el resto de la comitiva un segundo después. Mida abrió más los ojos. No estaba lo suficientemente cerca para ver adónde habían ido a parar las monjas ni por qué la tierra se las tragó a todas de pronto. El cementerio era un lugar vedado a las huérfanas y nunca pudo desvelar el misterio, tanto tiempo después de aquella mañana, se vio a sí misma parada junto a la figura de mármol blanco ante la que las monjas habían rezado y comprendió que había salido por la puerta del panteón que ellas habían utilizado para descender y dejar en la cripta subterránea a una de las suyas. El pedestal en el que se alzaba la figura de una mujer con un velo cubriéndole el rostro, blanca incluso en medio de tanta oscuridad, contenía la reja de entrada, medio oculta por la hiedra. Una puerta adornada de verde cabello rizado, como la espalda de Pola, cubierta otra vez por la densa cabellera de otros tiempos. Pola, que la había ayudado a escapar y había preferido volver al silencio del panteón, en lugar de acompañarla en medio de esa noche en la que ni siquiera se oía el lamento de los búhos o el crujir de las ramas entumecidas de los árboles. La primera luz del día cruzó el cielo a lo lejos. Mida se dijo que no podía quedarse allí, quieta como la estatua que vigilaba las tumbas. Tenía que empezar a caminar hacia alguna parte y echó a andar hacia los límites del cementerio, entre las cruces que bordeaban el sendero. Apretó el paso, animada ante el sonido de sus primeros pasos al aire libre. Debía encontrar una salida antes de que la monja guardiana que bajaba cada mañana a comprobar si seguía viva se diera cuenta de que no estaba en el sótano. La luz plateada cada vez más intensa fue mostrándole la valla de piedra hacia la que debía dirigirse sin pérdida de tiempo. Saltaría la valla, aunque se rompiera la cabeza al hacerlo. Ya no andaba, necesitaba correr, con los ojos cerrados, hacia delante siempre, confiando en que el ruido de sus pies, que a ella le parecía estruendoso, no despertara a ninguna de las brujas que parecían dormir siempre con un ojo abierto. Con el corazón golpeándole en el pecho tan fuerte como un puño desesperado, corrió hasta que le faltó el aliento, sin acordarse ni por un instante de la pierna partida en dos de una patada por la rolliza monja encargada de la lavandería. Corrió hasta que estuvo junto a la valla de piedra cubierta de musgo. Tendría que trepar por los salientes, dejarse las uñas en las grietas para llegar allá arriba. Miró alrededor, agitada, tomó aire. «Rápido», se dijo, caminando en torno al círculo de la pared, buscando en ella el punto débil que tanto deseaba encontrar. Y como si la hubiera imaginado, allí estaba. En algún momento la roca vencida por el tiempo se había derrumbado trazando una estrecha uve en la valla. Mida podía ver a través de ella los troncos blancos de los altísimos abedules del bosque y más alto aún el cielo tranquilo de la mañana que empezaba a surgir de las sombras. La fina ranura triangular que se había abierto en el viejo muro le pareció a Mida una puerta al mundo que había más allá de Santa Vela. Estaba tan flaca que pudo cruzarla ayudándose de las dos manos. Se coló entre las piedras viejas que aún seguían en pie y tuvo cuidado de no resbalar en las que se habían desplomado en el suelo y que habían pasado desapercibidas a las monjas. Reconoció el trino de los cantasoles, unos pájaros pequeños que celebraban la llegada del día en el lejano bosque del que la habían extirpado años atrás. Recordó a su madre, a Abuela, y supo que debía ocultarse entre aquellos árboles inmensos que parecían esperarla. No miró atrás ni una sola vez. Corrió todo lo rápido que le permitieron sus piernas sin heridas, sin ser consciente en ningún momento de que la suave brisa del amanecer agitaba juguetona sus largos tirabuzones rojos.

Saldré por la mañana. En cuanto se callen los lobos, que aúllan fuera, allá arriba, como si se contaran los unos a los otros lo solos que están.

«Yo más.»

«Yo más.»

En unas horas, con la luz de la madrugada, el agujero volverá a ser un agujero. Eso me digo ahora que la oscuridad no me deja encontrar el hueco redondo en medio del bosque de abedules por el que me dejé caer hace un rato que ya no sé medir. Hace frío, pero he pasado frío otras veces, eso me digo también, como si yo fuera yo y mi hermana mayor intentando consolarme al mismo tiempo.

Pronto será de día y los lobos se callarán. Dejarán de hablar de su insoportable tristeza de animales malditos. He visto muchas cabezas de lobo adornando las vallas que rodean las granjas cercanas al convento. Cabezas atravesadas en estacas como advirtiendo a sus hermanos vivos que es mejor no acercarse. Lobos mustios, de ojos amarillos. Tristes como todos los muertos. Con el pelo quieto, seco y duro de todos los muertos. Los hombres de los alrededores los cazan para convertirlos en un adorno, en espantalobos. En lobos que asustan a los lobos.

«Yo más.»

«Yo más.»

Se contestan, los últimos lobos aún vivos allá arriba, fuera de mi escondrijo de animal nocturno.

Un lobo aúlla más alto que el resto, como si fuera el jefe de la manada, el rey de los lobos.

El negro de la noche es capaz de hacerse más negro. El frío no es verdad. El miedo no es verdad. El día acabará abriendo el ojo cerrado de esta cueva y yo saldré de aquí.

Tumbada con los brazos en cruz sobre la cama del torreón, Priscia espera. Deja que el día se tiña de noche, una y otra vez, encerrada en la cámara a la que Él solía acudir. Confía, como siempre, en que cumplirá su palabra. Volverá, se dice, porque ha obedecido sus órdenes y ha castigado a la hija del demonio. No puede quedar mucho de esa criatura del mal allá abajo, en las celdas que la viuda Corven sembró en cada rincón del sótano, como para encerrar en ellas a los espíritus de los indios vengativos. Priscia ve pasar las horas y resiste el frío que eriza el pecho plano de hombre, cada poro de su piel desnuda, olvidada de la rutina de rezos y de la lavandería que envuelve al resto de las hermanas, allá abajo. «Volverá –repite–, porque he cumplido sus órdenes. He castigado a la hija de Satán.» Priscia tendida como un crucificado, confiando en su vuelta, la cabeza calva sobre la almohada, los ojos grises girados al ventanal por el que se cuela un pedazo de cielo de plomo, partido en dos por el aullido amenazante de un lobo.

Índice